もしも人生に戦争が起こったら

ヒロシマを知る ある夫婦の願い

居森公照 Imori Hiroteru［著］

Forest Books

はじめに

居森《いもり》　公照《ひろてる》

二〇一六年春、私の妻・清子《きよこ》が息を引き取りました。八十二年の生涯でした。清子の人生は、苦労の多いものだったと思います。太平洋戦争前の広島に生まれ、一九四五年八月六日、あの原子爆弾に遭いました。爆心地から三百五十メートルの所にある本川《ほんかわ》国民学校で被爆し、同校で唯一の児童の生存者となりました。その時から、清子の人生は一変しました。両親を原爆で亡くし、多感な時期を、たった一人で生き抜かなくてはなりませんでした。どんなにか孤独だったことでしょう。

清子が三十歳の時、私たちは出会いました。私は清子の過去と苦労を知り、これからの清子の人生が幸せなものになればいい、そうしてみせると、誓っての結婚でした。

結婚生活は、慌ただしくも順調でした。その日その日を一生懸命生き、そのまま何事もなければ、二人して穏やかな人生を閉じるはずでした。しかし、戦争の愚かさ、原爆の恐ろしさが、それを許しませんでした。清子は、五十代以降、被爆の影響と思われる病気を立て続けに発症し、最後まで病と闘い続けました。傍らで見ていて、それはつらい闘病だったと思います。

それでも、清子は負けませんでした。六十九歳から十数年にわたり、病と闘いながら、自分の体験をもとに平和の大切さを訴える活動に取り組みました。私は、五十二年の結婚生活を通して、妻の被爆体験を聞き、原爆症の苦しみと核兵器の破壊力を身をもって感じ、そして清子と共に、平和への願いを強くしてきました。清子は最後は、私の介護を受けながら「今がいちばん幸せ」と言ってくれましたので、「幸せにする」という結婚当初の約束を、少しは果たせたのかと思っています。

そして、私は清子ともう一つの約束をしました。それは、清子との生活で感じたこと、平和への願いを、命ある限り伝えていくことです。

清子や私の人生の初期に起き、大人になった頃には既に過去になったはずの戦争が、私たち夫婦の人生の後半にまでどんな影響を及ぼしたかを、今、みなさんにお伝えしたいと思います。戦争は決して「過去の出来事」ではなく、一人一人の人生に起こりうること、そして、それが一度起きれば、どのようなことが降りかかるのか。読者の方々に追体験していただき、平和の「有り難さ」を感じてくだされば幸いです。

〈編集部より〉本書は、著者による手記と、清子さんの生前の証言やインタビュー、編集部によるナレーションで構成しました。

目次

第1章
生まれた時は「戦前」だった

公《ひろ》照《てる》

もう「反対」を言うことのできない世の中になっていました。

私は一九三五（昭和十）年四月二十五日、香川県の中西部にある丸亀《まるがめ》市に生まれました。家族は警察官の父と母、姉一人の四人家族です。丸亀市は、高い石垣で有名な丸亀城を中心とした旧城下町で、人口は約三万人（当時）の小さな町です。戦争が始まるまでは、瀬戸内海に面した美しい静かな町でした。「こんぴらさん」として知られる、金刀比羅宮《ことひらぐう》（琴平宮）参りの玄関口としても栄えていたのを記憶しています。今日も有名な讃岐《さぬき》うどんの店も多く、とてもおいしいうどんをよく食べていました。

私が生まれた二年後の一九三七年に日中戦争が始まり、さらに六歳になった年の一九四一年十二月のことです。日本はアメリカとの太平洋戦争に突入しました。その日のことは、今でもはっきりと覚えています。十二月八日の朝、ラジオが「臨時ニュース」として、大本営※1の発表を報じました。

（1）大本営（だいほんえい） 戦時下において、大元帥（だいげんすい）である天皇の下に設置され、日本帝国陸海軍を統率する最高司令部の役割を果たしました。

太平洋戦争で、大本営が行った戦況の公式発表を、「大本営発表」と言います。戦争末期、敗色が濃厚になる頃には、戦況が日本に有利であるかのような虚偽の情報が国民に流され続けました。

【写真】 大本営海軍部による開戦発表（Wikimedia Commons）

瀬戸内海と香川県、著者が生まれた丸亀市の位置
写真左上は金刀比羅宮、右下は讃岐うどん（by sekido、ともにWikimedia Commons）

端午《たんご》の節句で父の膝に抱かれる著者。金太郎や武蔵坊弁慶などの五月人形を飾った

母・タカさんと著者（2歳頃か）

3つ上の姉・京子さんと著者

「臨時ニュースを申し上げます。臨時ニュースを申し上げます。大本営陸海軍部、十二月八日午前六時発表。帝国陸海軍は本八日未明、西太平洋において、アメリカ・イギリス軍と戦闘状態に入《い》れり」

「帝国海軍は、ハワイ方面のアメリカ艦隊※2、並びに航空兵力に対し決死の大空襲を敢行し、シンガポール※3その他をも大爆撃しました…」

「万歳《ばんざい》、万歳！」。発表を聞いて大喜びする父を見て、「戦争が始まったのに、な

（2）真珠湾攻撃（しんじゅわんこうげき）「マレー作戦」に次いで行われた太平洋戦争開戦のきっかけとなる攻撃。一九四一年十二月八日未明、日本海軍は、アメリカ・ハワイ準州（当時）オアフ島真珠湾にあった、アメリカ海軍の艦隊と基地を急襲しました。アメリカ海軍は大損害を被り、この後、アメリカ国内において「リメンバー・パール・ハーバー（真珠湾を忘れるな）」ということばが対日戦争のスローガンとなりました。【写真】日本軍の攻撃を受けて爆沈するアメリカ海軍・戦艦アリゾナ(Wikimedia Commons)

幼稚園時代の著者（最上段右端）。戦争が始まったのはこの頃だった

んで大人はこんなに喜ぶのだろう」と、不思議に思った記憶があります。

日米が開戦してほんの数か月の間は、日本軍は連戦連勝の快進撃を続けました。「日本軍がどこそこで勝った」というラジオ放送を聞くたび、町では勝利を祝う提灯行《ちょうちん》列[※4]が行われ、「万歳、万歳」という人々の声であふれました。ところがこの後、翌一九四二年六月のミッドウェー海戦[※5]での敗北を機に、早くも戦況は逆転し、日本軍は各地で敗戦を重ねるようになりました。

しかし、日本軍の劣勢が私たち

（3）マレー作戦（まれーさくせん）　イギリス軍は、一八二四年にシンガポールを植民地とし、東南アジアにおける拠点として十五万人ものイギリス陸海軍部隊を駐留させていました。

日本軍は、一九四五年十二月八日未明、イギリス領マレー半島に上陸し、イギリス・インド軍と交戦。太平洋戦争の火ぶたが切って落とされました。

（4）提灯行列（ちょうちんぎょうれつ）　戦前・戦中には、祝賀の行事などの際には多くの人が火のついた提灯を掲げて行進し、祝意を表しました。

（5）ミッドウェー海戦（みっどうぇーかいせん）　一九四二年六月、ハワイ諸島北西にあるミッドウェー島の攻略を目指す日本軍と、それを阻止しようとするアメリカ軍と

近所の友達一家と、石鎚山《いしづちさん》に山登りに出掛けた。右端から姉・京子さんと著者、後列右が母・タカさん。著者が国民学校1年の頃

国民に知らされることはありませんでした。大本営の発表は、「日本軍が行く先々で大勝利」というニュースばかりです。けれども、実際は敗戦続きで、日本はどんどん追い込まれていっていました。

国民の生活はといえば、人々は、太平洋戦争が始まる前から「国家総動員法[※6]」などによって全面的に戦争に協力させられていました。生活必需品は配給制となり、それだけでなくお米や衣料品などが次々と不足し、一人一人に十分いき渡らなくなっていました。

また、武器の生産に必要な金属資源を補うため、各家庭の鍋や釜、

の間で起きた海戦。この戦闘により、日本軍は主力空母四隻を一度に失うという大敗北を喫し、戦局は一気に日本に不利に傾き始めます。しかし、ミッドウェー海戦の敗北が国民に知らされることはありませんでした。

【写真】ミッドウェー海戦で敵機の爆撃を回避する航空母艦「飛龍」。(Wikimedia Commons)

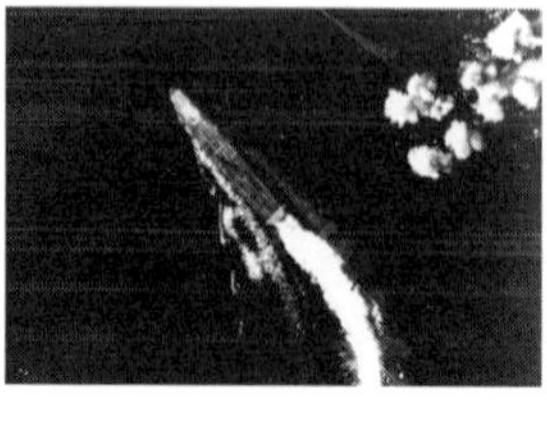

(6) 国家総動員法(こっかそうどういんほう)
一九三八年制定。戦争遂行のため、国のすべての

町のお寺の鐘、学校の鉄棒など、あらゆる金属類の供出が求められており、町から金属が消えていきました。

　戦況の悪化によって米軍が日本本土へも空襲を行うようになると、私たちは夜間は電灯に黒い布を掛け、明かりが家の外に漏れないようにしました。明かりを目標に敵に爆撃されるのを防ぐためで、少しでも光が漏れていると、家の戸がドンドンとたたかれ、「明かりが漏れているぞ！」と「隣組《となりぐみ》」の人に注意されるのです。

　丸亀市でも、空襲警報はしょっちゅう鳴り響きました。ですが、ほとんどの場合、敵の爆撃機は私たちの上空を飛び越えていきました。丸亀は小さな町だったので、その向こうにある大都市の高松市が狙われたのです。また、終戦間近の頃は、アメリカの空母が高知県の沖合まで接近してきていました。そこから飛び立った敵戦闘機が、瀬戸内海に停泊する日本海軍の軍艦や基地、沿岸都市などを攻撃するため、丸亀市の上空を通ったりもしました。

　高松が空襲を受けるようすは、二十数キロ離れた丸亀からもよく見えました。町が燃える炎で、空が真っ赤になっていたのを覚えています。それは凄《すさ》まじい光景でした。攻撃を終えたB29※7は、編隊を組んで再び丸亀の上空を通り、テニアンなどの基地へと帰っていきました。私たちは、それを下からずっと見上げたものでした。

人的・物的資源を政府が用いることができる、と定められました。

(7) B29（びーにじゅうく）　アメリカのボーイング社が開発した長距離大型戦略爆撃機。第二次世界大戦期から一九五〇年勃発の朝鮮戦争まで、アメリカ軍の主力爆撃機として用いられました。日本本土へのB29による空襲は、一九四四年六月、福岡県八幡市（当時）に対して初めて行われ、以後、日本全国へと拡大していきました。【写真】(Wikimedia Commons)

丸亀が空襲を受けることは少なかったものの、瀬戸内海への攻撃を終えた敵機が、残った爆弾を帰路で落としたり、戦闘機[※8]が住民や家屋に対して機銃掃射[※9]を行ったりすることはたびたびありました。空襲警報が昼間に鳴ると、学校の授業は打ち切りとなり、児童は下校させられます。けれども、丸亀が実際に空襲を受けることはほとんどありませんでしたので、私たち子どもは慣れてしまい、「この授業は嫌いだから、早くサイレン（空襲警報）が鳴らないかな」などと思ったりしていました。

ある日のことです。いつものように空襲警報が鳴り、下校となりました。上空を見上げると、敵機とおぼしき飛行機が飛んでいます。私たちは学校で、飛行機の機影を見て敵機か友軍機（味方）かを見分ける訓練を受けていましたから、「あれはロッキードか、グラマンか[※10]」と機種を見定めようとしました。するとその時、いきなり戦闘機が急降下を始め、パイロットの顔が見えるほど迫ってきたかと思うと、機関銃がパッパッと火を噴きました。すぐそばの地面に土ぼこりが上がり、私たちはとっさに道脇の窪《くぼ》みに逃げ込みました。するとそのすぐ横を「タタタタタターッ」と弾丸が走ります。私は間一髪で助かりましたが、逃げ遅れて背中から撃たれ、亡くなった友達もいました。

（8）戦闘機（せんとうき） より多くの爆弾を搭載し、爆撃を行うことを主任務とする「爆撃機」に対し、敵飛行機との戦闘や味方の大型機の護衛、地上戦闘の援護などを主任務とする、高速で比較的小型な軍用飛行機のことを言います。

【写真】 グラマン社が開発したアメリカ軍の艦上戦闘機「F4F Wildcat」（Wiki-media Commons）

（9）機銃掃射（きじゅうそうしゃ） 戦闘機に備えつけられた機関銃を

私たちは子どもでしたが、飛行機の機影の判別の他にも、さまざまな訓練をさせられました。近くに爆弾が落ちた際は、とっさに目と耳を押さえ、両肘を突いて地面に伏せる「防空姿勢」をとるよう教えられました。爆音で鼓膜《こまく》が破れたり、衝撃で目が飛び出してしまうのを防ぐためです。また当時、身を守る防具として「防空ずきん」が広く普及していました。しかし、それは綿が入った薄い座布団のようなもので、おそらく防具としての効果はほとんどなかったと思います。防空姿勢も防空ずきんも、近くに爆弾が落ちればひとたまりもなかったでしょう。今思えば、気休めのようなものでした。

学校には、軍刀を下げた将校が配属されていました。私たちは毎日、彼らの訓示を聞かされ、宮城《きゅうじょう》（当時の皇居の呼び名）を遥拝《ようはい》しました。皇居のある東京の方角に向かい、「天皇陛下に対して、最敬礼ーっ！」の掛け声で一斉に深々と頭を下げるのです。私たちは当時、天皇は神であると教えられていました。「天皇陛下」と口にするのにも、「恐れ多くも」「畏《かしこ》くも」を発言の冒頭につけたり、その瞬間に最敬礼したりしなければなりませんでした。

また、軍事教練も行われていました。私たちは、自宅にある物干し竿《ざお》の先を削ってとがらせ、竹槍を作り、それを持って英米兵を想定したわら人形に向かって突撃

用いて、地上や海上の目標を連射・速射すること。

(10) ロッキード・グラマン（ろっきーど・ぐらまん）　いずれもアメリカの航空機製造会社のこと。第二次世界大戦時には数多くの軍用機を生み出し、巨万の富を築きました。太平洋戦争時の日本では、「ロッキード」「グラマン」のことばは、憎いアメリカ軍機を表す代名詞として使用されました。【写真】ロッキード社の戦闘機「Y-38 Lightning」(Wikimedia Commons)

させられました。「次っ、居森！」。教師の合図で、「うわぁーっ！」と突進し、竹槍を人形に思い切り突き刺すのです。「突く位置が悪い！　次っ！」「うわぁー！」

次の児童が走ります。ちょっと考えれば、敵兵は自動小銃を構えているのですから、こちらが竹槍を構えた瞬間に撃ち殺されてしまうだろうとわかるはずです。それでも私たちはその愚かさに気づかず、ただ夢中で訓練に励みました。

ある時は、鍬《くわ》で松の木の根元を掘り、根っこを集めました。何に使うのかと思っていると、航空機のガソリンが足りないので、松の根から取れる「松根油《しょうこんゆ》」を代わりに使用するというのです。また別の時には、ミミズを掘らされることもありました。これなどは、半分に切って中身を絞り出し、天日で乾燥させて、南方[※11]の戦地にいる兵士たちのマラリア[※12]の薬にする、というのでした。

私は子どもながらにも、「こんなことまでしなければいけないのなら、勝てるわけがない。日本はもうだめではないか」と思ったものでした。ですが、先生に言われるまま、一生懸命取り組みました。当時の日本では、「戦争に負ける」などと言おうものなら大変なことになりましたから。すなわち、近所の人や友人に「非国民」「国賊」と呼ばれ、憲兵に連行されて厳しい取り調べを受けたり、長期間身体を拘束されて家族にまで監視がつくのです。思ったことを自由に言えない、言ってはな

(11) 南方（なんぽう）
日本軍は、石油資源などの獲得を目的に、マレー作戦を皮切りとして東南アジア・太平洋各地に次々と進出しました。一九四三年までは、各地で優勢を保ちましたが、占領区域を広げすぎたため補給が困難となり、兵力・補給の著しく不足したまま連合国軍の反撃を受け、劣勢に転じていきました。

【写真】南方戦線・ビルマで行われたインパール作戦の一場面。日本軍はずさんな作戦によって多くの犠牲者を出した（Wikimedia Commons）

らない空気がつくられていたのです。

学校では、「お国のために命を捨てよ」という教育が一貫して行われていました。特に、それを幼少期にたたき込まれることは本当に恐ろしいと思います。人間性がかたちづくられる時期に受ける教育が、その後の人格に大きな影響を及ぼすからです。私自身も、子どもの頃は「お国のためなら、自分の命は惜しくない」と思い込んでいました。また、海軍下士官[※13]だった親戚に憧れ、将来は海軍兵学校[※14]に進みたいと願っていました。国や軍は、国民にはきれいなことばや上っ面の格好良さばかりを示し、醜《みにく》い部分を見せないようにしていたのです。

私の家の近所に、十八、九歳ぐらいのお兄さんが住んでいました。とても優しい、勉強を教えてくれたり遊んでくれたりする人で、私も「お兄さん」と呼んで慕っていました。

ある日、お兄さんに赤紙[※15]が届きました。この頃の男性は、ある年齢に達すると、否応なしに軍隊に召集されていました。お兄さんの出征の日、近所の人が集まって「万歳、万歳」と大喜びの体《てい》で送り出しました。私も、「とうとうお兄さんも戦争に行くんだな」などと思いながらその光景を見ていました。ところが、見送りの中に

(12) マラリア（まらりあ） 熱帯から亜熱帯に広く分布する寄生虫による感染症のこと。おもに蚊を媒介として人に感染し、高熱や頭痛、吐き気などを起こさせます。太平洋戦争時は、南方のジャングルに長期滞在する兵士の間で流行しました。補給不足による栄養失調状態で感染したため、助かる見込みはほとんどなく、数万人の兵士が命を落としました。

(13) 下士官（かしかん） 軍隊の階級区分の一つで、兵卒と、仕官（将校）との間に位置する階級。伍長、軍曹、曹長など。

(14) 海軍兵学校（かいぐんへいがっこう） 帝国海軍の将校である仕官の養成を目的とした教育機関のこと。入学には十六〜十九歳までの年齢制限があり、運動機能や学術試験で高い基準が設けられ

お兄さんのお母さんの姿が見えません。ふと物陰を見ると、お母さんがいて、こっそりと涙を拭っていました。自分の子どもを戦地に送ることが、母親にとって悲しみでないはずがありません。けれども、「出征は名誉なこと、『万歳』と祝わなければならないことである」とする空気の中では、そんな思いさえも口にすることはできませんでした。戦争は、親子の仲を引き裂き、子どもたちの平和を踏みにじります。戦地に行く兵士たちだけが犠牲になるのではなく、国に残された家族、友人、大切な人々みんなが、非常に苦しい思いをします。だからこそ今、「戦争だけはいけない」と、声を大にして言いたいのです。

もちろん、かつて、戦争や国の方針に反対する人々がいなかったわけではありません。ですが当時は、もう「反対」を言うことのできない世の中になっていました。

ました。海軍兵学校の人気は高く、特に一九三〇年代後半には志願倍率が二十倍を超えていました。

(15) 赤紙（あかがみ） 軍隊が天皇の名において兵隊を召集するために、個人宛に発布する召集令状のこと。太平洋戦争初期の頃は真っ赤な紙でしたが、物資不足による染料の節約のため、次第に地色が薄くなり、ピンク色になっていきました。

一方、居森《いもり》（旧姓・筒井《つつい》）清子《きよこ》さんは、一九三四（昭和九）年一月六日、現在の広島市中区寺町周辺にあった旧空鞘町《そらざやちょう》で生まれた。家族は、両親と幼い弟が一人。一家四人での暮らしは、物資不足のため慎ましかったが、幸せなものだった。

清子

当初、父は私を疎開《そかい》させると言っていましたが、その後、「死ぬときは家族一緒がいい」と、考えを変えました。

私は幼い頃、よく近所の友達と遊びました。人形の着せ替え遊びや、近所のお寺でかけっこをしたり、墓地でかくれんぼをしたり。とてもおてんばだったと思います。

母は、お小遣いとして毎日一銭ずつくれました。今のお金で言うと、百円ぐらいでしょうか。私はそれを持って出掛けて、塗り絵や着せ替えなんかをよく買いました。たまに、近所のお婆さんが作るお好み焼きを買って食べました。今のような焼きそばを入れたものではなく、「一銭洋食[※16]」と言って、キャベツなどを入れた簡単なものです。お婆さんが、それを新聞紙に包んで渡してくれたのを覚えています。

(16) 一銭洋食（いっせんようしょく）　水に溶いた小麦粉にネギなどを乗せて焼いた鉄板焼き料理のこと。大正時代頃から、ネギや肉片を乗せて焼き、ソースを塗ったものが「洋食」として駄菓子屋などで売られていました。当時、一枚一銭（一円の百分の一の単価）で売られていたため、「一銭洋食」などと呼ばれました。

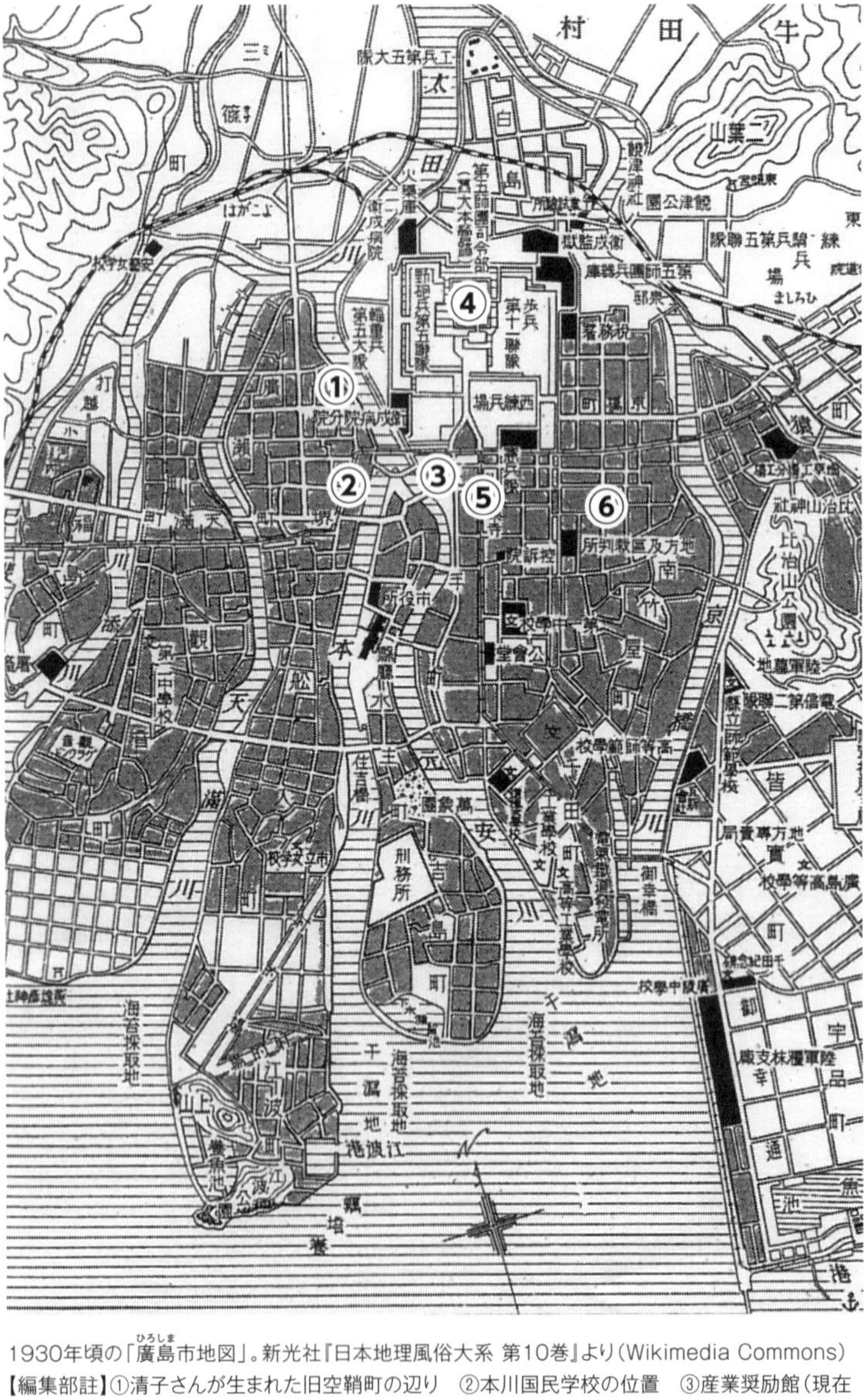

1930年頃の「廣島《ひろしま》市地図」。新光社『日本地理風俗大系 第10巻』より（Wikimedia Commons）

【編集部註】①清子さんが生まれた旧空鞘町の辺り　②本川国民学校の位置　③産業奨励館（現在の原爆ドーム）の位置　④広島城　⑤23頁写真上、西横町の辺り　⑥23頁写真下、新天地の辺り

あとは、紙芝居もよく見ました。近所のお寺の階段下におじさんがやって来て、拍子木を鳴らすのです。子どもたちが集まってくると紙芝居を上演するのですが、お金を持っていない子には見せてくれませんでした。おじさんは紙芝居の他にお菓子などを持ってきていて、それを一銭で買うと、紙芝居を見せてくれるのです。それを見たさに、母にお金を余分にせがむのですが、母は「今日はもう一銭あげたから、だめ！」と言って、絶対にくれません。ですが、祖母が生きていた頃は、祖母はこっそりと私に一銭をくれていました。やっぱり孫がかわいかったのでしょうね。

私は、父にもかわいがってもらいました。父は、私を自転車の後ろに乗っけては、よく町に連れていってくれました。喫茶店に入って蜜豆※17を食べさせてくれたり、日曜日に、ニュース映画※18の合間に上映されるマンガを見せてやろうと、映画館に連れていってくれたりもしました。今思っても、父はすごく優しい人でした。ですが、しつけはとても厳しかったのを覚えています。「『いただきます』を言うまではお箸を持ってはいけない」「食事の後はすぐに横になってはいけない」など、厳しくしつけられました。それでも、「勉強しなさい」などは言われませんでしたね。

私は出掛けるのはもっぱら父とばかりで、母と出かけた記憶は一度しかありません。父の勤める日本精鋼に、大きな芝居が来た※19ことがありました。その時は、母が

(17) 蜜豆（みつまめ） 和風のデザートの一つ。さいの目に切った寒天や白玉団子、あずき、缶詰のフルーツなどを器に入れ、黒蜜などをかけたもの。

(18) ニュース映画（にゅーすえいが） 映画館で上映された、時事問題などの情報・解説を内容とする短編映画・記録映画のこと。第二次世界大戦後、家庭にテレビが普及する頃まで活発に製作されました。一九四一年から終戦までは、国策宣伝のために情報統制がかけられ、自由な製作が制限されていました。一方で、政府の発信を全国の映画館で上映することが義務づけられました。

(19) 移動演劇（いどうえんげき） 一九四一年、国策によって演劇団体「日本移動演劇連盟」が結成され、戦時下の不自由の

芝居の券を手に入れて、私を連れていってくれました。母はもともとあまり外に出ず、編み物など家庭的なことが好きな人でした。

弟の則之《のりゆき》は、私が七歳の頃に生まれました。物心がつくと、しきりに私の後をついて来たがり、友達と遊びたかった私は則之をほったらかしにしたこともありました。ある時などは、目を離した隙に則之が二階の階段から落っこちてしまったこともありましたね。

母は、私の小さい頃の服を大事に置いておいて、則之に着せていました。当時は、お金を出しても物が買えない時代だったのです。

私の住む空鞘町は、広瀬国民学校※20の学区でした。ですが、私は父の方針で、子どもの足で三十分ぐらいの所にある本川《ほんかわ》国民学校に通っていました。一九四五年八月六日に原子爆弾が投下された時、私はこの本川国民学校にいて、九死に一生を得ることになります。

学校でも私はとてもおてんばで、先生によく叱《しか》られていました。戦後のことですが、私を受け持ってくださった片山（旧姓・古田）静枝先生がご存命であることを知り、お会いする機会がありました。先生は原爆投下時、疎開※21をしていたために被

中、食糧、燃料などの増産に励む労働者らを励ます目的で、演劇隊や演芸団が各地の工場、炭坑、農村などを巡回公演しました。戦争が推し進められる中、当局による弾圧や劇場閉鎖によって公演を続けることが困難になった興行会社や劇団、演劇人が、地方巡業に活路を見いだすなどしていました。【写真】職業劇団「桜隊」所属の女優・園井恵子。広島に疎開した桜隊は、中国地方を中心に各地で公演活動を展開していましたが、一九四五年八月六日に被爆し、同二十一日、彼女は放射線障害で死去しました。(Wikimedia Commons)

(20) 国民学校（こくみんがっこう） 一九四一年の

原爆投下前の広島市街のようす。西横町（現·紙屋町2丁目、年代不明）
「〔絵葉書《はがき》〕（広島西横町）」（広島県立文書館収蔵）

原爆投下前の広島市街のようす。中区堀川町にあった繁華街「新天地」の映画館（年代不明）。大勢の人でにぎわう。「〔絵葉書〕（広島新天地　映画倶楽部《くらぶ》）」（広島県立文書館収蔵）

清子さんが通った被爆前の本川国民学校。手前を流れるのは旧太田川（通称·本川）（1928〜1945年、本川小学校平和資料館蔵）

害を免れていたのです。先生は私を覚えてくださっていて、昔の話に花が咲きました。本川国民学校に通っていた頃、先生はすごく厳しい方で、私は二回も廊下に立たされたのを覚えています。「先生、あの時、どうして廊下に立たせたんですか？　私を目の敵《かたき》にしていたんでしょう」と私が言うと、先生は笑っていました。

　先生に言わせると、私はずいぶん腕白で、悪い子だったようです。家の屋根や学校裏の竹によじ登ったり、誰より先に鉄棒で遊びたいあまり、休み時間が始まるより前に行って場所取りをしたりしてい

国民学校令により、「皇国の道に則って初等教育を施すことにより、国民の基礎的錬成を為すこと」を目的として設立されました。初等教育と前期中等教育を担いました。

(21) 疎開（そかい）　戦況の悪化とともにアメリカ軍による本土空襲が激しくなると、攻撃目標となりやすい都市部に住む学童（国民学校初等科の児童）、老人、女性などが地方の農村に避難する「疎開」が行われました。政府は、縁故者（親戚など）への疎開を奨励しましたが、学校ごとに疎開する集団疎開も広く行われ、一九四四年九月には、全国で四十一万七千人もの子どもが集団疎開していました。しかし、地方に疎開している間に都市部の家族を空襲などで失い、戦災孤児となる子どもも少なくありませんでした。

ました。

疎開についてですが、当時、周りの友達にも集団疎開に参加する子が何人かいました。我が家でも、当初、父は私を疎開させると言っていましたが、その後、「死ぬときは家族一緒がいい」と、考えを変えました。私一人だけを疎開させたくなかったんだと思います。

私の近所からは、私と、友達の青原和子さんだけが本川国民学校に通っていました。私はやんちゃでしたが、和子さんはおとなしい子どもでした。

ちょうど「あの日」は、和子さんが私の家に誘いに来てくれ、一緒に登校したのでした。

【写真】集団疎開に出掛ける児童たちのようす。毎日新聞社『昭和史第十一巻 破局への道』より(Wikimedia Commons)

コラム ……その① 昭和の暮らしと「戦前」への移行

一九二六年、大正天皇の崩御《ほうぎょ》（死去）によって大正時代は終わりを告げ、昭和時代が始まりました。この頃日本は、第一次世界大戦時の好景気の反動や、関東大震災の影響による恐慌、続く「昭和金融恐慌」など、相次ぐ経済的苦境を迎えていました。また、一九三一年には東北地方を中心に大凶作に見舞われ、貧窮のあまり青田売り（稲の成熟を待たずに収穫を見越して売買し、代金を受け取ること）や女児の身売りが相次ぐなど、深刻な社会問題となりました。

◇

またこの年、日本軍は柳条湖《りゅうじょうこ》事件（日本軍（関東軍）は、日本の所有する南満州鉄道が爆破されたことを中国軍によるものと断定し、軍事行動の口実とした）を発端に中国東北部を占領。「満州国」という国家を建設し、植民地経営に乗り出しました。この「満州事変」をきっかけに、一九三三年、国際連盟から脱退し、国際的にも孤立を深めていきます。国内では、前年の一九三二年に五・一五事件（海軍の青年将校による首相暗殺事件）が勃発。国内外ともに不穏な空気が社会に漂い始めていました。しかし、当時はまだ、国民が戦争の悲惨さを実感する機会は、それほどありませんでした。

◇

1928年、東京・銀座を歩くモダン・ガール
(by Kagayama Kyoyo=Wikimedia Commons)

人々は、このような時代の中でもそれぞれの生活・文化を謳歌《おうか》していました。特に都市部では、「昭和モダン」と呼ばれる近代市民文化が花開き、アール・ヌーボーやアール・デコといった美しい装飾や、フランスのシャンソン、アメリカのジャズといった大衆音楽、ハリウッド映画など、欧米の新しい文化が日本に流入。アメリカ的な生活様式や文化に対する憧れが広がりました。

街には地下鉄（現在の東京・銀座線、大阪・御堂筋《みどうすじ》線）が開業し、ターミナル駅には屋上庭園やレストランを備えたデパートが相次いで出現。ライスカレー、オムライスといった洋食メニューが人気を博し、デパートは「休日に出掛ける特別な場所」として、人々に位置づけられるようになりました。

生活様式も大きく変わりました。一部の女性の間で洋装が流行《はや》り始め、最先端の洋服を着た女性は「モダン・ガール（モガ）」と呼ばれました。またこの頃、「キング」などの総合雑誌や文庫本・円本と呼ばれる廉価な書籍が刊行され、大衆の教養を育みました。「黄金バット」「のらくろ」といった児童向けの娯楽作品も、大流行しました。

スポーツも盛んで、学生たちは部活動に打ち込み、ベルリンオリンピック（一九三六年）での前畑秀子（女子二百メートル平泳ぎ）、田島直人（男子陸上三段跳び）等の活躍は、日本中を湧かせました。

しかし同年、二・二六事件（陸軍青年将校によるクーデター未遂事件）が起こると、次第に軍部の発言力が強まり、翌年には日中戦争が勃発。日本国内は国家総動員体制が推し進められるとともに、反米キャンペーンによって「昭和モダン」は「反体制的」となり、排斥されていきました。

【参考資料】東京都江戸東京博物館監修『江戸東京歴史探検六　昭和の暮らしを追ってみる』中央公論新書
武田知弘著『教科書には載っていない！　戦前の日本』彩図社
弥生美術館・内田静枝編『女學生手帖　大正・昭和・乙女らいふ』河出書房新社

Photo 被爆前の広島

①中区堀川町の繁華街「新天地」「〔絵葉書〕（〔広島名所〕新天地）」②元安川で涼む人々「〔絵葉書〕（広島元安川）」③多くの人々でにぎわう比《ひ》治山《じやま》公園「〔絵葉書〕（〔広島名所〕比治山公園）」④本通りを行き交う人々「〔絵葉書〕（広島市本通り）」

⑤1929年に広島で開催された昭和産業博「〔絵はがき〕（（広島昭和産業博覧会）第一会場正門）」
⑥昭和産業博、「小供《こども》の国」「〔絵はがき〕（（広島昭和産業博覧会）第一会場小供の國《くに》（其《その》一）」
※ 28、29頁の画像はいずれも広島県立文書館収蔵

コラム……その② 戦中の暮らしと戦況の悪化

一九三七年七月七日、盧溝橋事件《ろこうきょう》（北京西南の盧溝橋で起きた日本軍と中国国民党軍の衝突事件）によって日中戦争が勃発すると、日本国内でも急速に戦時体制が強化されていきました。同年九月、近衛文麿《このえふみまろ》内閣は、「戦争は軍事力だけでなく、国家の生産力や人的資源を含めた総力戦にならざるを得ない」との考えから、「国民精神総動員運動」を開始しました。これにより、国民が積極的に戦争に協力し、国家（天皇）に忠誠を尽くすことが、より明確に求められるようになっていきます。

政府は、まず「臨時資金調整法」「輸出入等臨時措置法」「軍需工業動員法の適用に関する法律」の三法案を可決させ、金融・生産・原料の側面での統制を行いました。さらに一九三八年には「国家総動員法」を定め、物資や人材の側面でも、国による統制を可能としました。政府は、議会の承認を得ずに、「勅令」（天皇の命令）によって自由に国民を戦争協力へと駆り立てることができるようになったのです。やがて、当初は国民の心がけのような位置づけだった「国家総動員体制」は、国民の生活そのものを統制する存在になっていきました。

同年二月、映画館や公園、デパートなどにたむろする「不良学生」が、十五日からの三日間で七千三百人以上も検挙されました。また、遊興施設は営業時間が短縮させられ、都市部を彩るネオンは全廃されるなど、国民生活の刷新が求められていきました。

人々には、莫大な戦費を補うための貯蓄や節約が奨励され、国債の購入も促進されました。日常生活も、女性のパーマや男性の長髪が禁止され、神社参拝や出征兵士・

傷痍《しょうい》軍人の送迎、戦没者の慰霊、遺族への弔問《ちょうもん》などが半強制的に求められるなど、すべてにおいて戦争を最優先に置く体制が整えられていきます。

この国家総動員体制において、国策を浸透させる役割を果たしたのが「隣組《となりぐみ》」制度でした。隣組は、一九三九年の「家庭防空隣保組織要項」において、十戸内外を単位とし、その地域の消防、灯火管制、警報伝達、防護等の任に当たると定められました。隣組の役割はそれだけに留まらず、思想統制や住民同士の相互監視も行われました。

◇

こうした国民の戦争協力の中、日中戦争は当初の予想をはるかに超える総力戦となり、軍需物資がみるみる不足していきました。一九三八年、商工省は物資の充足のため、あらゆる生活必需品の供給制限に乗り出しました。人々の生活には、綿の代わりに化《か》繊《せん》、鉄の代わりに陶や木でできたもの、牛革の代わりに他の動物の皮革でできたものなど、代用品が普及しました。さらに、物資不足の中で国民の衣類を簡素化させることを目的に「国民服令」を制定し、カーキ色の「国民服」を標準服として定めました。これは強制はされませんでしたが、太平洋戦争の後半になると、男性の間に広く普及

写真上・路上に書かれた「パーマネントはやめましょう」のことば。世相をよく表している（毎日新聞社『昭和史第9巻 戦線と銃後』より。Wikimedia Commons）

するようになりました。◇

一九三九年には「国民徴用令」が制定され、熟練労働者や技術者が強制的に徴用されて軍需産業に動員されるようになりました。

徴用や徴兵により、特に農村部では人手が不足し、農業生産が激減しました。そのため政府は農家から強制的に米を買い上げ、食糧が不足する中、一九四一年から米の配給を開始しました。また同年、金属の不足を補うために「金属類回収令」を施行。看板や橋の欄干、門扉、鉄棒など、鉄や銅を主原料とする物品の回収を始めました。さらに、軍用機に使用するガソリンも不足し、一九四〇年には切符が配給制となり、市営バスは木炭自動車へと変わりました。そして翌年、旅客自動車へのガソリン使用は全面的に禁止されることになります。

しかし、こうした深刻な物資・人手不足は、太平洋戦争が始まる前のことでした。日本は、アメリカと開戦する前から、既に国家の総力をしぼりきるような暮らしの中にあったのです。

写真上・金属類回収令により供出される土浦国民学校の校門（土浦市文化財愛護の会古写真調査研究部編『むかしの写真土浦』土浦市教育委員会より、Wikimedia Commons）

◇

一九四一年十二月八日、太平洋戦争が開戦します。国全体が疲弊する中、日本軍は当初快進撃を続け、各地でアメリカをはじめとする連合国軍を撃破しました。しかし、次第に国力の差が顕著に現れ始めます。潤沢な資源をもつアメリカ軍は、次々と新型機や兵器を戦場に投入し、日本を追い詰め始めました。そして一九四二年、ハワイ諸島北西における「ミッドウェー海戦」を機に、戦況は一気に逆転しました。

日本軍は各地で苦戦を強いられるようになり、食糧や物資の不足もますます深刻となりました。加えて、太平洋地域において戦線を広げすぎたため、各前線で兵力が著しく不足しました。これに対し、日本では学生は満二十六歳まで兵隊に行かなくてよいことになっていましたが、一九四三年に学生の動員が決定。全国の大学・専門学校に在学中の、二十歳以上の文科系の学生に召集令状が出されました。十月には、明治神宮外苑において「出陣学徒壮行会」が行われ、多くの人が見送りに詰めかけました。

このほか、徴兵や徴用で男性の人手が不足したため、女性も「勤労挺身《ていしん》隊（女子挺身隊）」として動員されるようになりました。軍需工場や、一九四三年から男性の就業が禁止された電話交換手、車掌《しゃしょう》など、一七の職種に女性が就くようになりました。

郵便配達員として動員された女性
（毎日新聞社『一億人の昭和史 銃後の戦史』より、Wikimedia Commons）

【参考資料】東京都江戸東京博物館監修『江戸東京歴史探検六　昭和の暮らしを追ってみる』中央公論新書
石黒敬章著『昭和8年　戦争への足音』角川書店、伊藤隆著『読みなおす日本史　昭和史をさぐる』吉川弘文館
近現代史編纂会編『日本人「再生」と「復興」の100年』世界文化社

Photo 戦中の暮らし

①「ぜいたくは敵だ」のスローガン（毎日新聞社『毎日ムック シリーズ20世紀の記憶 大日本帝国の戦争2』より） ②隣組による炊き出し（毎日新聞社『昭和史第12巻 空襲·敗戦·占領』より） ③④女子挺身隊（毎日新聞社『一億人の昭和史 銃後の戦史』より） （以上Wikimedia Commons）

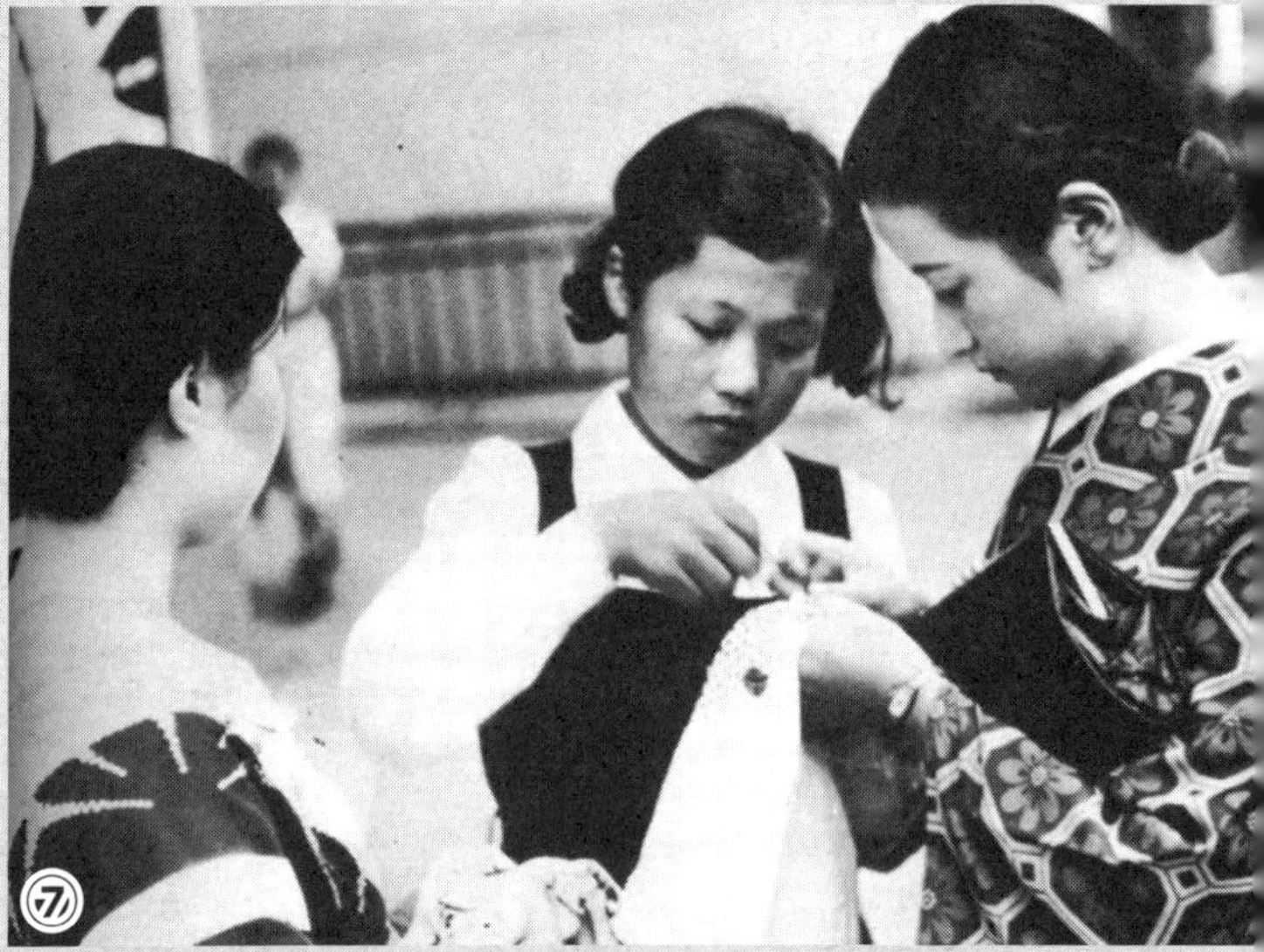

⑤大阪高等商業学校の学校教練（朝日新聞社『朝日クロニクル 20世紀 第2巻』より）　⑥国防服（朝日新聞社『朝日歴史写真ライブラリー 戦争と庶民1940-1949 第1巻』より）　⑦千人針のようす（毎日新聞社）　⑧千葉県・九十九里浜で実施された国民義勇隊の訓練のようす（毎日新聞社）　（以上Wikimedia Commons）

第2章

あの日、奪われた日常

清子《きよこ》

今になっていちばん悲しいのは、母と弟の顔を覚えていないということです。

一九四五年八月六日。その日は月曜日で、日本精鋼に勤める父はいつもは出勤していましたが、電休日※1ということで自宅にいました。私は朝、両親と弟に見送られ、同じ歳で仲良しの青原和子さんと一緒に本川《ほんかわ》国民学校に向かいました。ちょうど夏休みの時期でしたが、戦時中は空襲警報によって授業が中止になるなど、勉強が遅れがちだったため、その日も登校していたのです。

本川国民学校は、当時としては珍しい鉄筋コンクリート三階建ての校舎でした。私と和子さんは南門から入り、奉安殿《ほうあんでん》※2に最敬礼をして、それから、学校の東側を流れる本川にいちばん近い一階校舎の端に入りました。

その瞬間、突然辺りが真っ暗になりました。音も、光もありませんでした。隣にいる和子さんの姿すら見えません。私は何が起こったかわからず、一瞬地獄に落ちたのかと思いました。それが、投下された原子爆弾が炸裂《さくれつ》した瞬間だったのです。

爆心地から少し離れたところで被爆した多くの人は、その瞬間、「強烈な光があっ

(1) 電休日（でんきゅうび） 戦時中は、国内で電力不足が相次ぎ、節電のため工場に対して電力の供給を停止する「電休日」がありました。そして、その日は工場の操業は休みになりました。

(2) 奉安殿（ほうあんでん） 戦時中は、天皇は「現人神」（あらひとがみ）、つまり生きた神様だと教えられていました。天皇と皇后の写真である「御真影」（ごしんえい）と、天皇による教育基本方針である「教育勅語（ちょくご）」を収めたコンクリート造りの小さな建物を「奉安殿」と言い、当時すべての学

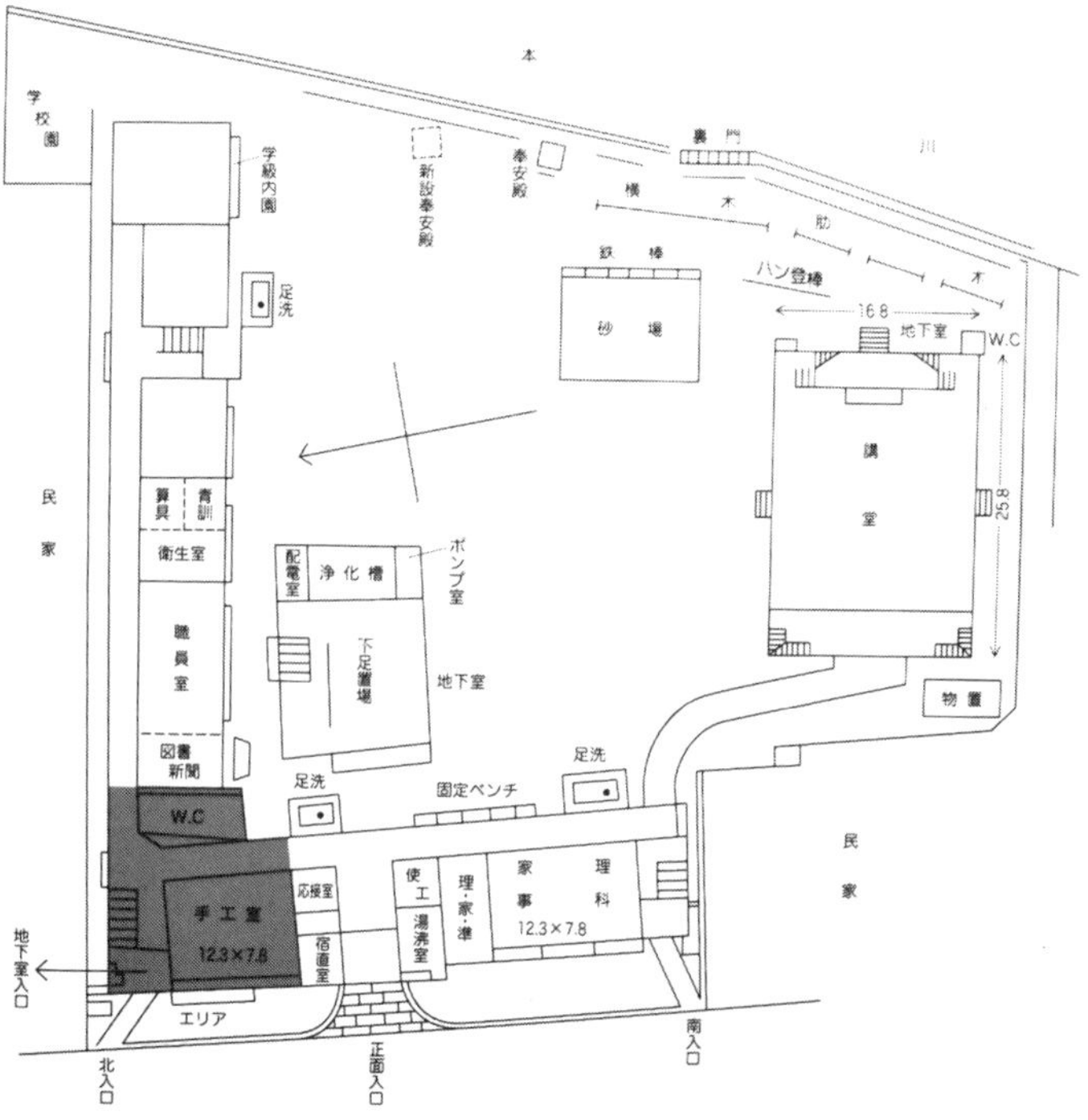

被爆前の本川国民学校1階平面図。爆心地は図上方向（本川小学校平和資料館蔵）
■の部分は、現在の本川小学校の敷地内に保存され、平和資料館として活用されている

校に置かれていました。生徒や教師は、登下校時や、前を通過する際には服装を正し、最敬礼をするよう決められていました。

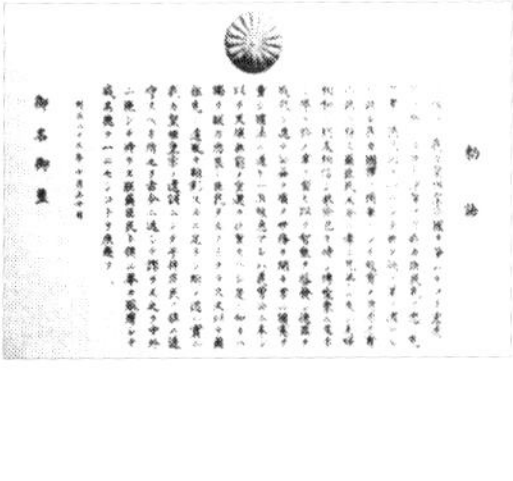

【写真】教育勅語（『創立百周年記念誌』広島市立本川小学校発行より）

【写真】茨城県桜川市の真壁小学校に設置されていた奉安殿（Wikimedia Commons）

た」「大きな音がした」といった体験をされています。それゆえにでしょう、原爆は「ピカドン」と呼ばれることもあります。ですが不思議なことに、私は爆心地から三百五十メートルという至近距離にいながら、その瞬間、何も見えず、音も聞こえませんでした。

戦後になってから、他の近距離被爆者※3の方とお会いする機会がありました。私よりも、爆心地に四十メートル近い所で被爆された高蔵信子さんです。同じ近距離被爆者ということで、どうしてもお会いしたいと思っていました。高蔵さんも、被爆時の体験は私と同じで、光も音も感じなかったと話しておられました。爆発の瞬間、きのこ雲※4の中に入ったからだろう、ということでした。主人（公照《ひろてる》氏）は、私の体験を聞いた当初は「強烈な閃光《せんこう》によって一瞬目が見えなくなり、暗闇だと感じたのだろう」と言っていましたが、高蔵さんのお話を聞いて腑《ふ》に落ちたようでした。

下足場で暗闇に包まれた私は、しばらくその場でしゃがみ込んでいましたが、少しして暗闇が薄れてきたため、和子さんと一緒に階段から差し込む明かりを頼りに外へ出ました。するとそこには、ものすごい熱さとともに、学校周囲の家々がすべてぺちゃんこに潰《つぶ》れ、荒廃した景色がどこまでも広がっていました。私のいる所か

（3）近距離被爆者（きんきょりひばくしゃ） 爆心から約五百メートル以内で被爆しながら、生存した人のことを言います。

（4）きのこ雲（きのこぐも） 大気中において、熱エネルギーが局所的に、かつ急激に解放されることにより発生した強い上昇気流が、外気を巻き込んで造り出すきのこ状の積乱雲。火山の噴火や、大量の燃料が急激に燃焼する際にも見られる現象ですが、特に原子爆弾や水素爆弾などの核兵器によって生じるきのこ雲は「原子雲」とも呼ばれます。

【写真】爆心地から七キロ離れた旧安佐郡古市町で撮影されたきのこ雲（広島平和記念資料館蔵・提供、撮影＝松重三男氏）

▼原爆の生存者が描いた、被爆直後の本川国民学校周辺。爆心地は図下方向（広島平和記念資料館蔵、絵=有馬元《はじめ》氏）

【書き込みの詳細】〔最上段=①〕八月六日午後六時頃より翌日正午頃まで本校にて看護す。三宅外科前のポンプより水を汲み5-7回、古バケツで両手に持ち通って患者さんたちに飲ませた。完全に即死ばかりではなかった。被爆後2-3日からそれ以上も生きていた人も多かった。校舎内に多数の負傷者に水を飲ませた〔①の左下=②〕校舎の爆心地側は、爆風に依《よ》りコンクリートの壁がめりこむ様《よう》に凹《へこ》んでいた　〔②の右=③〕完全装備の将校の死体

〔③の右下=④〕水槽の中に小学生3年頃の死体、2-3体　〔中段・橋の上=⑤〕逃げて来る負傷者たち　〔⑤の左=⑥〕救助活動中の警察官　〔最下段・左=⑦〕橋の手すりの南側は完全に北に倒れていて、北の方は川に落ちてなくなっている。路面もめくれ上がっている　〔⑦の右=⑧〕川の中は火に追われて水に入り、そのまま死んだ人と家屋の木片でいっぱいだった。数はもっと多かった様に思う

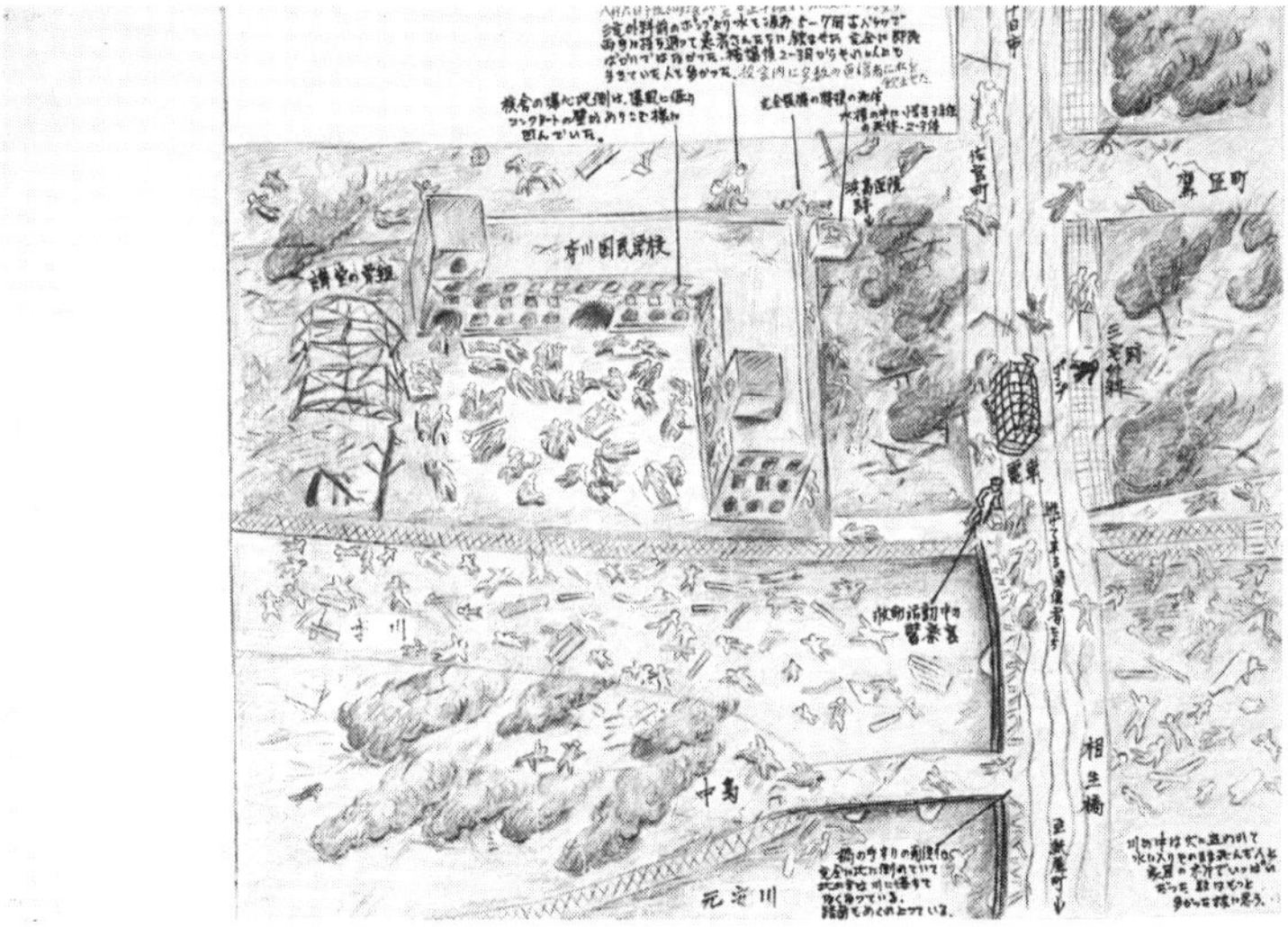

▼（左下）被爆直後の本川国民学校　（右下）T字型の相生《あいおい》橋。写真上部に本川国民学校が見える（いずれもWikimedia Commons）

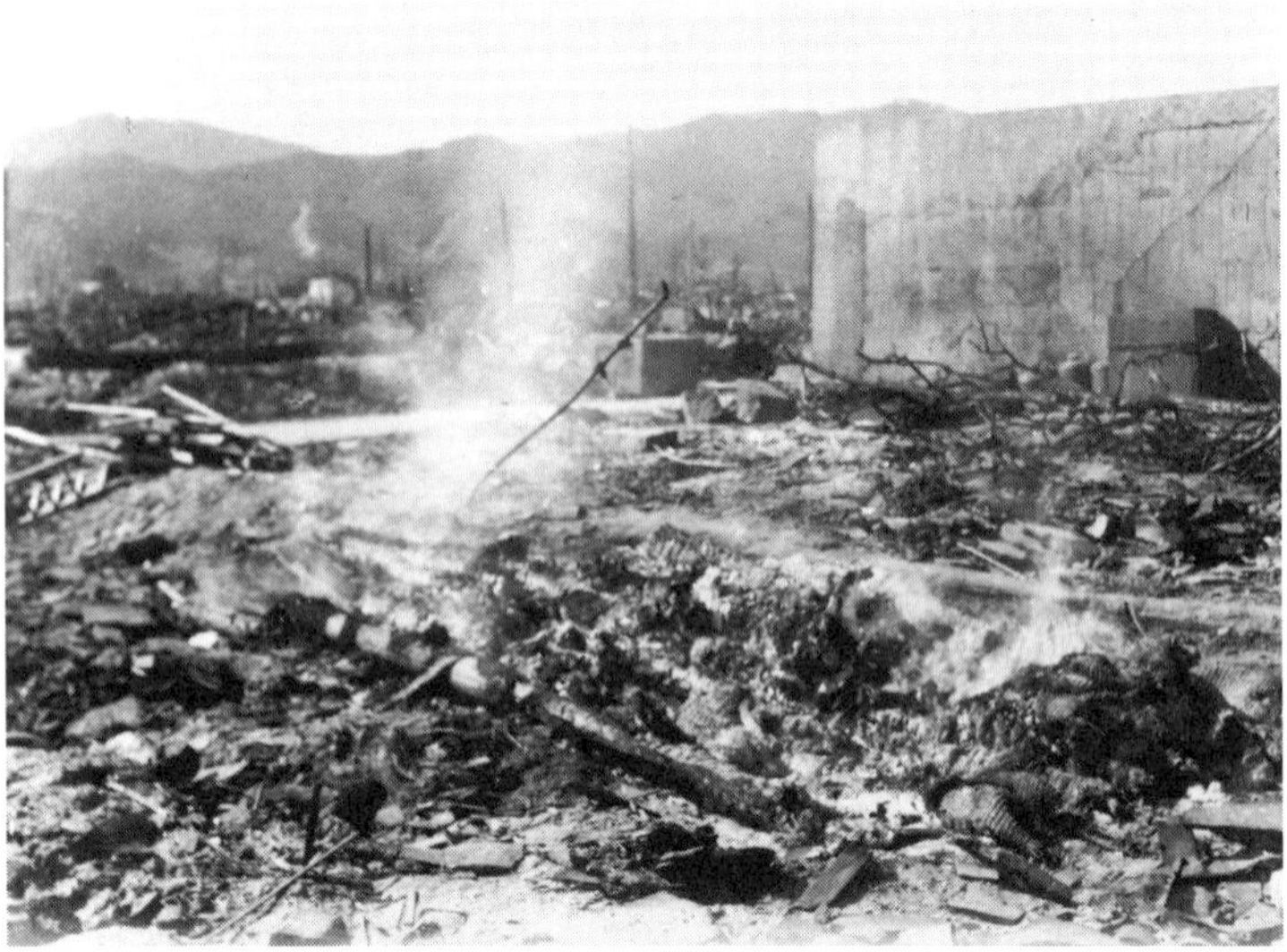

原爆によって亡くなった膨大な数の遺体を焼くため、急遽《きゅうきょ》設けられた火葬場。本川国民学校と思われる（広島平和記念資料館蔵、撮影＝川本俊雄氏、提供＝川本祥雄氏）

ら、ふだんは見えるはずのない己斐《こい》の山や横川の駅が見渡せるのです。

どこかから、「火が出たから、川へ逃げろ！」という声が聞こえ、運動場の方に行った私は、そこで再び立ち尽くしました。至る所が火の海で、すべてが燃えています。そして校庭には、真っ黒に焦げ、あるいは体がぱんぱんに膨れた人間らしい物が、何体も倒れていました。下足場には窓もなかったので、私は火傷《やけど》もけがもありませんでしたが、教室から逃げてくる子どもたちは体中にガラス片が突き

広島県商工経済会望楼から望む被爆後の相生橋周辺。橋の対岸に本川国民学校が残る（広島平和記念資料館蔵・提供、撮影＝林重男氏）

刺さり、血だらけで幽霊のようでした。

ふと、「助けてぇ、清子ちゃーん、助けてぇ」と声がしました。でも、どこから呼ばれているのかわかりません。私も、「ここよー、ここよー」と声を張り上げ、声の主を捜し当てましたが、その子は黒焦げの変わり果てた姿で、誰なのかわかりませんでした。「あなた誰!?」と聞くと、「高木です」と答えます。私の仲良しだった少女でした。運動場で遊んでいて被爆したようでした。

私はまだ十一歳の子どもでしたから、どうしたらいいかわからず呆然《ぼうぜん》と立っていました。すると、職員室の方から二人の女の先生が走り出てきて、「早く川に入りなさい」と言います。今は、学校の裏には道路が走っていますが、当時はすぐに階段があって、裏手を流れる本川に降りられるようになっていました。私と和子さん、二人の先生は、重傷の高木さんを小舟に横たえ、五人で川に入りました。それから二、三分して、高木さんは亡くなりました。それまでよくぞ生きていたと思います。けれども私たちは涙も出ず、どうしようもない状況でした。

その日、広島の海は八時過ぎに満潮を迎えていました。そのため川の水位も高く、川底に足が届かずに、ほとんどの子が力尽きて流されていきました。私たちは大勢の人が乗ったいかだにつかまることができ、「友達の分まで頑張ろう」と自分に言

写真大＝原爆投下直後の広島・爆心地周辺と本川国民学校の位置関係模型。写真上部の球体が原子爆弾が炸裂したと思われる位置（本川小学校平和資料館蔵）

【編集部註】黒線枠内が、清子さんの自宅があった空鞘《そらざや》町周辺　①本川国民学校　②原爆の投下目標地点だったT字型の相生橋　③旧産業奨励館（原爆ドーム）　④旧島病院。相生橋を目掛けて投下された原爆は、実際には風によって流され、島病院の上空580mで炸裂したとされている　⑤広島城　⑥清子さんが本川国民学校から見通せた横川駅

写真小＝被爆後の広島市中央部。同心円の中心が爆心地。中心からやや左上が相生橋。
同心円は1000フィート（304.8m）ごと（Wikimedia Commons）

い聞かせ、必死でしがみついていました。夏とはいえ、ずっと頭から水を被りながら浸かっていると寒くてたまりません。しかし火の粉がどんどん飛んでくるので、とても川から外へ出ることはできませんでした。結局私たちは、朝の八時過ぎから、黒い雨[※5]が降った午後三時過ぎぐらいまで、ずっと川に浸かっていました。

午後三時頃になると、地上の火も少しは収まってきました。私と和子さんはやっとの思いで岸に上がりましたが、その後、どうして先生たちと別れてしまったのか、どうしても思い出すことができません。先生の名前すら思い出せないのです。

私と和子さんは、黒い雨が降る中をふらふらと歩いていきました。辺りは死体だらけでしたが、その時には怖いとも何とも思いませんでした。川の中にいた時も死体がたくさんが流れてきましたが、何も感じなかったのです。

二人でずっと歩いていると、家の近所に住むおばさんに会いました。おばさんは、町内会ごとに避難先が決まっているからと、私たちが乗る避難トラックを教えてくれました。私たちはトラックに乗せられて避難先にたどり着きましたが、その場所がどこかも、今となっては覚えていません。

後に、そのおばさんが私の家族の消息を教えてくれました。両親は、熱線と火災によってひどい火傷を負い、運び込まれたのでしょう。近所のお寺に収容され、そ

（5）黒い雨（くろいあめ） 原爆投下後、炸裂時の泥やほこり、煤（すす）などを含んだ黒い大粒の雨が降りました。これは核爆発や原子力事故の際に発生する放射性降下物の一種で、広域な放射能汚染を引き起こす原因となります。他には、「死の灰」と呼ばれる放射性降下物もあります。広島では市の北西部を中心に強く降り注ぎ、この雨に打たれた人は二次被曝によって急性放射線障害を発症するなどしました。

【写真】 黒い雨に打たれ、汚染されて黒ずんだズボン（広島平和記念資料館蔵・提供、撮影＝林重男氏）

清子さんが生まれ育った旧空鞘町から爆心地方面を望む
（広島平和記念資料館蔵・提供、撮影＝尾木正巳氏）

こで亡くなったようでした。弟の則之《のりゆき》は、母の目の前で焼け死んだそうです。爆風で崩れた何かの下敷きになっていたのか、助け出すことができなかったとのことでした。

収容されたお寺での両親のようすは、廊下（縁側か）の上に父が寝かされ、その下の地面に母がいたとのことでした。二人は互いの存在を知らなかったそうです。母を見つけたおばさんが、「何か欲しい物はない？」と聞くと、母は「トマトが食べたい」と言ったそうです。「じゃあ明日、トマト持ってきてあげるからね」と言って別れて、

空鞘町の被爆遺物
広島平和記念資料館所蔵品

陶器
寄贈＝松浦凬水馬《ふすま》氏

湯飲み
寄贈＝馬淵信年氏

鳥の形をした陶製の置物
寄贈＝松浦凬水馬氏

清子さんが持ち歩いていたため、唯一残った幼少期の写真。大好きだった父・真一さんと写る。
母親と弟の写真はすべて焼失したため、顔を思い出せなくなったという

翌朝トマトを持ってお寺に行くと、母はもういなかったとのことでした。おそらく亡くなり、遺体は運び出されてしまったのでしょう。原爆の直後は、亡くなった人を積み重ねて次々と焼いていましたから、両親もそこで焼かれたのだと思います。

考えてみると、目の前で肉親を亡くした被爆者の方がたくさんおられる中で、私は親の苦しむ姿を見なくてすんでよかったのかなとも思えます。当日の朝、「行ってきます」と言って別れたきりですから。おそらく、両親も傷つきながら私を捜し回ってくれたのだと思います。でも、学校の方は爆心地に近くて火の海ですから、とてもこちらまでは来られなかったのでしょう。

今になっていちばん悲しいのは、母と弟の顔を覚えていないということです。父は、写真が残っているのでわかりますが、母と弟は写真がなく、私の記憶も薄れてしまって、もう思い出すことができません。それが、いちばんつらいことです。

和子さんと私は田舎にある避難先に連れていかれ、一軒の農家にお世話になりました。その家には一週間ほどいましたが、その間は何も喉《のど》を通りませんでした。出してくださるご飯も、水すらも、口にしてもすべて戻してしまいました。熱も高かったように思います。

空鞘町の被爆遺物
広島平和記念資料館所蔵品

腕時計
寄贈＝石井美智子氏

空鞘神社の瓦片

ガラス瓶の溶融塊
寄贈＝松浦凬水馬氏

一週間ほどした頃、和子さんのお父さんが娘を捜しに来て、私も一緒に連れて帰ると言ってくれました。ところが、ちょうどそこへ私の家の隣に住む福井さんという方のお姉さんが来られて、「他人の家に行っても大変だから、清子さんに親戚がいたら連れていってあげる」と言ってくれました。そこで私は和子さんと別れることになったのですが、彼女とはそれが最後になりました。

戦後、広島大学で被爆者の追跡調査をなさっていた湯崎《ゆざき》稔《みのる》先生に頼んで、和子さんの消息を捜してもらったことがありました。すると、彼女は私と別れてから一週間ほどして亡くなったということでした。二人で逃げていた時、彼女は私などよりずっと元気そうだったのです。私は、自分が被爆後も長年生きているので、てっきり彼女も生きているものだと思っていました。和子さんの死は私にとってショックでした。

私は福井さんのお姉さんに連れられ、その時はまだ両親が生きているかどうかもわからないまま、自宅のあった場所に戻りました。そこには防火水槽[※6]だけは残っていましたが、家は跡形もなくなっていました。

その後、両親の消息を知らされて原爆孤児[※7]となった私は、呉《くれ》市に住む父方の伯母

(6) 防火水槽（ぼうかすいそう） 火災を防ぐため、各家庭の玄関前や町の一角に設置されたコンクリート製の用水桶のこと。三、四百リットルの水を溜めておけるほどの大きさがありました。

(7) 原爆孤児（げんばくこじ） 原爆により両親を亡くした子どものこと。広島では、二千人とも六千五百人ともいわれる子どもが原爆孤児となり、広島市周辺には、そういった孤児を収容するための施設が設置されました（一九四七年末で五

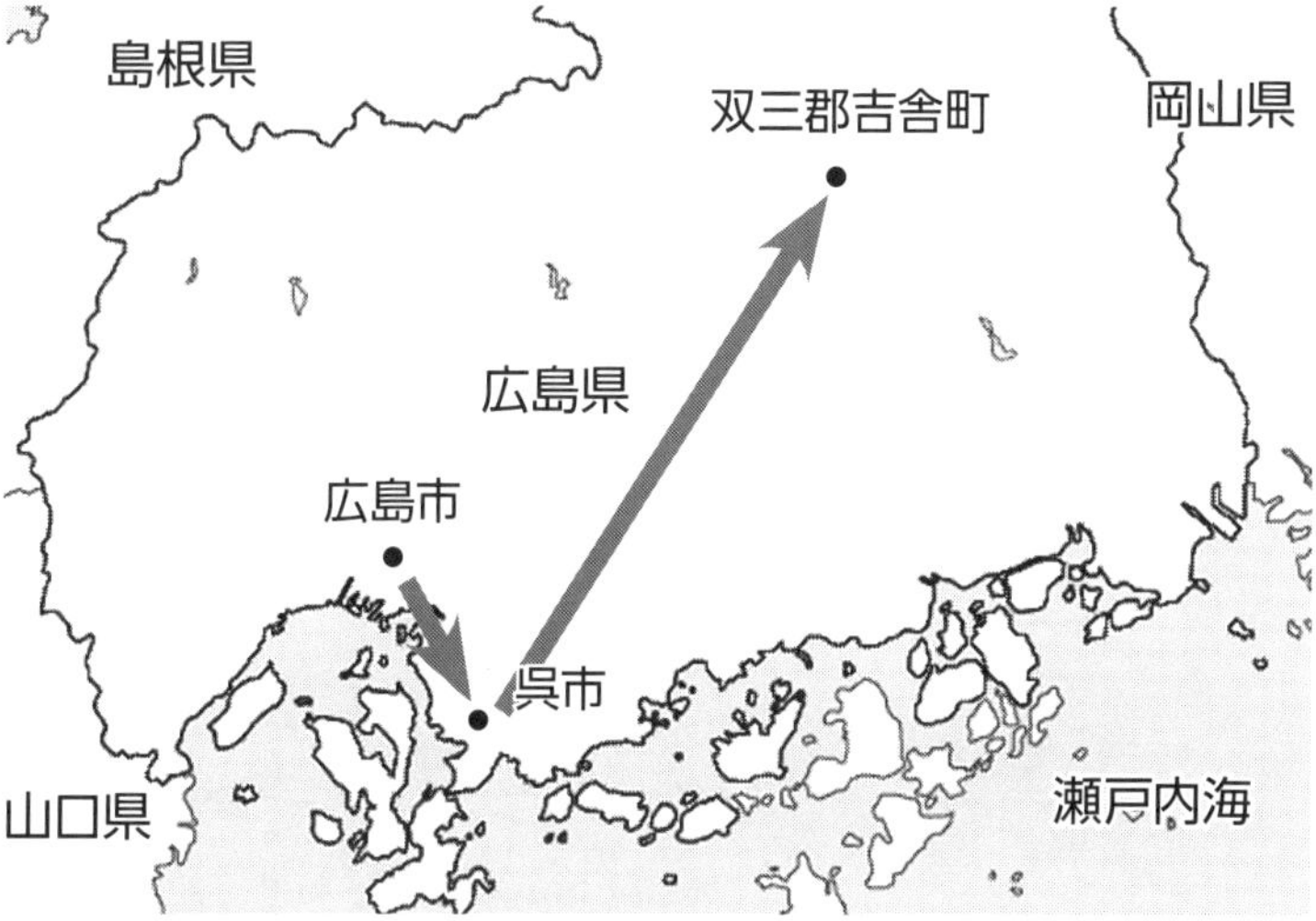

被爆後、原爆孤児となった清子さんが身を寄せた地

の元に身を寄せました。親戚といっても、戦後の食べ物のない時代ですから、私は邪魔者扱いでした。実の親なら、たとえ自分は食べなくても子どもには食べさせようと思うでしょう。ですが、親戚であればそんなことはしません。従兄弟《いとこ》は勤めていたので、おかゆなども食べさせてもらえていましたが、私には出してもらえませんでした。

　そこでの生活はそれは哀れなもので、原爆投下の翌年、似島《にのしま》学園※8という原爆孤児のための保護収容施設が開設されたのですが、私はそこへ行ったほうがま

箇所）。しかし、資金や食糧が思うように集まらず、施設職員や子どもたちは農作業や漁など、できることには何でも取り組みました。【写真】一時原爆孤児の収容所となっていた比治山国民学校。当時の記念写真と思われる（広島平和記念資料館蔵、撮影＝川本俊雄氏、提供＝川本祥雄氏）

（8）似島学園（にのしまがくえん）　一九四六年九月、広島湾の似島に森芳麿によって開設された戦災孤児、戦災「浮浪児」の保護収容施設。開設時

しだったか、あるいは死んでしまおうかとまで思ったものです。

そして、空腹とともに体調の悪化にも苦しみました。ひと月に十日は寝つくようになり、とにかく体がだるい日が続きました。髪もくしでとかすと全部抜けてしまい、「明日こそは死ぬのではないか」と、毎晩寝る時が怖かったのです。朝起きて、お日様を見られることがありがたかったのを覚えています。後でわかった原爆症※9と言われるこの症状は半年ほど続き、その後、私は命を取り留めました。

やがて、中学を卒業するかしないかのうちに私は伯母の家を出、知り合いの家で世話をしてもらうようになりました。双三《ふたみ》郡（今の三次《みよし》市の一部）にある、吉舎《きさ》という所です。その人も、私が伯母のところでつらい思いをしているのを知っていたようでした。吉舎は田舎で何もないところですが、食べる物はたくさんありました。静かで、田んぼや畑が広がるのどかな土地でしたので、ある春の日に草取りをしにいったまま、あまりの暖かさにそこで寝てしまったこともありました。それは、原爆孤児として寂しさと空腹の毎日を過ごしてきた私にとって、本当に久しぶりに味わえた満腹感と解放感だったのです。

の名称は「広島県戦災児教育所似島学園」でしたが、現在は「社会福祉法人 似島学園」となっています。

(9) 原爆症（げんばくしょう） 原子爆弾の放射線によって生じた健康被害のこと。発熱やげり、吐血、血尿、吐き気、脱毛、脱力感、倦怠感（けんたいかん）、鼻血、白血球の減少など、さまざまな症状が現れました。直接的な被爆でなくても、黒い雨に打たれたことや、原爆投下時に母胎にいた胎児、被爆者の救援のために被災地に入った人々なども、発症しました。また発症の時期も、被爆直後だけでなく、数十年たってからという例も少なくありませんでした。

(10) 墨塗り教科書（すみぬりきょうかしょ） 終戦直後、それまで学校で使用されていた教科書の、

公照

終戦によって、私の価値観は大転換を強いられました。軍国主義一辺倒から、平和主義の模索へと変わってしまったのです。

一九四五年八月十五日、多くの犠牲を払った太平洋戦争が終結しました。日本が、連合国軍に無条件降服したのです。私が十歳の時でした。

終戦によって、私の価値観は大転換を強いられました。それまでの軍国主義一辺倒から、平和主義の模索へと百八十度変わってしまったのです。戦時中は、「お国のためなら自らの命を投げ出せ」「上からの命令に従え」と強く教え込まれ、国策と異なる意見を発言することは禁止されていました。ところが戦争に負けると、「人の命は大切なもの。自分の意見はどんどん発言して、社会のために働きなさい」など、学校でも同じ先生が急に正反対のことを言い始めたのには、驚かされました。

それまで使っていた戦時中の教科書は使用禁止となり、[※10] 新しい教科書での授業が始まりました。毎日、校庭で行われていた朝礼時の宮城遥拝もなくなり、何より、それまではとても厳しく怖かった先生が、急に優しい先生に変わったことに驚きを

戦意をあおったり、国家主義的だったりする記述が墨で塗りつぶされました。これらは、戦後、占領軍として日本に進駐したGHQ（連合国軍最高司令官総司令部）の指示によるものでした。

(11) 占領軍（せんりょうぐん） 敗戦国である日本に進駐した連合国軍のこと。連合国軍には、アメリカ軍、イギリス連邦軍（イギリス軍、オーストラリア軍、ニュージーランド軍、英領インド帝国軍）が含まれていました。

(12) 占領軍による犯罪（せんりょうぐんによるはん

覚えたものです。

敗戦直後、占領軍[※11]として、連合国軍の軍隊が日本の各地に上陸しました。若い女性などは、占領軍の兵士に乱暴されることを恐れ[※12]、髪を短く刈るなどして少年のような格好をする人も少なくありませんでした。ですが、香川県に上陸した占領軍は、幸いに比較的穏やかだったと聞いています。それに対して、満州[※13]や樺太[※14]などでソ連軍に接した人たちは、たいそうひどい目に遭ったそうです。

戦争が終わってほっとしたのもつかの間、つらい出来事がありました。

丸亀市には、当時陸軍の師団[※15]が置かれていました。食糧難のため、そこにある練兵場を畑にするという町の方針が決まり、私たち子どもも開墾《かいこん》作業の手伝いに出かけました。終戦間もない冬のことでした。

ちょうど同じ場所で、米兵が日本軍の兵器を大量に集めて燃やしていました[※16]。私たちは遠巻きに火に当たりながら、そのようすをじっと見ていました。すると突然、「ドーン！」という大音響とともに、兵器の山が大爆発を起こしたのです。どうやら、戦車の砲弾か何かに引火したようでした。私たちも爆風で吹き飛ばされ、慌てて「たこつぼ[※17]」と呼ばれる塹壕《ざんごう》にもぐり込みました。上から、火に焼けた小銃などが降り

ざい） 戦中、日本では連合国軍のことを「鬼畜米英」（きちくべいえい）として教えており、国民の多くは占領軍の進駐を恐れましたが、実際に進駐してきた連合国軍兵士は、「鬼」とはほど遠いイメージでした。それでも、日本人女性が乱暴されたり、横暴な兵士によって略奪が行われたりなど、各地で不幸な事件が相次ぎました。

(13) 満州（まんしゅう） 現在の中国・東北部一帯。日本は一九三二年、この地域を占領し、「満州国」を建国しました。国策として多くの日本人が移住しましたが、終戦に伴って多数が現地に取り残され、侵攻するソ連軍らの暴力にさらされました。

(14) 樺太（からふと） 北海道の北にある、現在の「サハリン」。日本は、終戦まで南半分を領有し

注いできて生きた心地がしませんでしたが、どうにか難を逃れることができました。しかし、至近距離で爆音を聞いたため、その後二、三日間は耳が聞こえなくなりました。そしてこの時、友達の一人が爆発の衝撃で木にたたきつけられて亡くなりました。戦争も終わった後の、失わずに済んだはずの命でした。

戦後、私が十二歳の時、父が亡くなりました。警察官の父は柔道五段、剣道五段の腕前でしたが、剣道の試合中に竹刀で突かれ、当たり所が悪かったため、その後遺症もあって、四十九歳の若さで亡くなりました。

父亡き後は、母が和裁の技術を生かして私と姉を育ててくれました。しかし、戦後の食糧・物資の乏しい時代に男手を失い、生活は目に見えて苦しくなっていきました。そこで、東京に就職が決まった姉と共に、一家で上京することにしました。私が中学二年生になった時のことでした。

ていました。戦争末期、侵攻してきたソ連軍と日本軍の間で地上戦が行われ、多くの民間人が犠牲になりました。【画像】北緯五十度線で南北に分けられた樺太

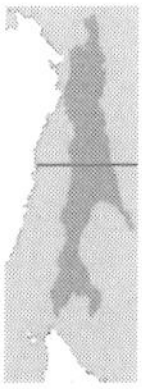

(15) 師団（しだん）　軍隊の部隊編成の単位の一つ。日本各地に師団の司令部が置かれていました。

(16) 武装解除（ぶそうかいじょ）　GHQは、敗戦国日本の武装解除の一環として、残存していた使用可能な兵器をすべて廃棄させました。

(17) 蛸壺（たこつぼ）　砲撃や銃撃から身を守るために掘られた穴や溝を、「塹壕」（ざんごう）といいます。一人用の小さな塹壕は、「たこつぼ」と呼ばれました。

コラム……その③

原子爆弾

　一九四五年八月六日、日本時間の午前一時四十五分。B29「エノラ・ゲイ」は、「リトル・ボーイ」と名づけられた原子爆弾を搭載し、太平洋・北マリアナ諸島にあるアメリカ軍のテニアン基地を離陸しました。

　七時二十五分。先行していた味方の気象観測機から、「広島の天候が良好」との報告が入り、エノラ・ゲイは広島へ機首を向けます。広島への原爆投下が決定した瞬間でした（投下目標都市は、京都、広島、小倉、長崎が候補として挙げられていました）。

　ちょうど同時刻、この気象観測機を補足した日本の中国軍管区司令部が、警戒警報を発令しました。しかし、同機が広島上空を離脱したため、警戒警報は六分後に解除となり、人々は防空壕を出ていつもどおりの月曜の朝を迎えることになりました。そして、勤務開始時間の八時になると、軍需工場などでは勤労動員された「女子挺身《ていしん》隊」、中学生、労働者たちが、そして屋外では、中学生や市民が建物疎開作業などに取り組み始めていました。

　八時十二分。エノラ・ゲイは原爆投下作業開始地点（目標の二十五キロ手前、高度九千六百三十二メートル）に到着しました。八時十四分、爆撃手が投下目標地点の相生橋を確認。同十五分、原子爆弾を投下しました。その直後、エノラ・ゲイは旋回し、機体を急降下させて投下地点を離れました。

　空中へ放たれた原子爆弾は、徐々に頭を下にして約四十秒間落下し、細工《さいく》町（現在の中区大手町）にある島病院の上空五百八十

写真上：テニアン島からの出撃に際し、エノラ・ゲイから手を振るポール・ティベッツ大佐（Wikimedia Commons）

メートルで炸裂しました。その瞬間、爆心は摂氏数百万度という超高温となり、表面温度三十万度という火球を生じさせました。この火球はそのまま膨張し、最大で直径五百メートルに達します。この火球から放射された熱線により、爆心地付近は三千～四千度もの高温にさらされ、あらゆるものをなめ尽くしました。

熱と同時に、爆発の瞬間、膨張した空気が数十万もの超高気圧となって衝撃波を発生させました。衝撃波は、一平方メートルあたり三十五トンというものすごい圧力で周囲を襲い、約十秒後には約三・七キロ先にまで達しました。さらに、その後を追って、最大風速が秒速四百四十メートルに達するほどの強烈な爆風が吹き抜けていきました。この爆風が収まると、空気が希薄になった中心部に向け、周辺から強烈な吹き戻しが起こりました。

原爆による強烈な熱線と爆風は、爆心地から二キロメートル以内にある建物をなぎ倒し、焼き尽くしました。二キロを超える地域でも、木造の建物は壊滅的な被害を受け、当時の市内にある建物の九割が全壊、もしくは甚大な被害を受けました。

原子爆弾によって発生したきのこ雲
(Wikimedia Commons)

【参考資料】那須正幹・文　西村繁男・絵『絵で読む広島の原爆』福音館書店
広島市HP (http://www.city.hiroshima.lg.jp/www/genre/1001000002088/index.html)

コラム……その④ 被爆者

原子爆弾が投下された際、広島市内には約三十五万人の人々がいたと言われていますが、正確な人数はわかっていません。内訳は、三十万人弱の市民のほか、四万人を超える軍人・軍属、広島市近郊から建物疎開作業などに動員されていた約一万人の人々、朝鮮半島などの植民地から日本に来て働いていた人々（中には、強制的に徴用された人々もいました）約二万人がいたと推定されています。さらに、アジアからの留学生や、アメリカ軍の捕虜といった外国人も、少数ながら含まれていました。

◇

原子爆弾の炸裂によって、猛烈な爆風と、三千～四千度という超高温の熱線が生じ、爆心から半径五百メートル以内にいたほとんどの人は、瞬間的に黒焦げになったり、爆風でたたきつけられたりして即死しました。また、一・二キロ以内にいた人も、半数が即死、あるいはそれに近い状態で死亡しています。

市内中心部の木造家屋はほぼすべてなぎ倒され、鉄筋コンクリート造りの建物は、倒壊を免れたとしても窓が吹き飛ばされ、

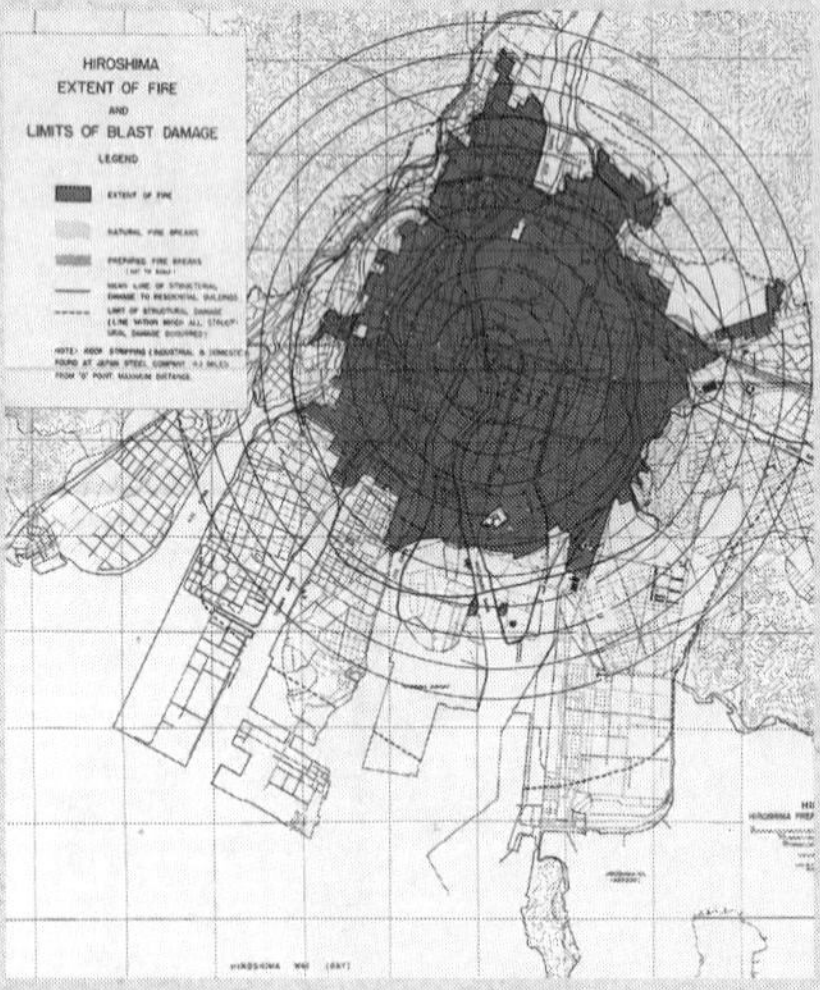

物理的被害分布図。色のついた範囲が建物全焼区域
（Wikimedia Commons）

小さなガラス片となって人々を襲いました。

さらに、熱線による自然発火や台所で使用されていた火気などを原因とする火事が各所で起こり、数時間燃え続けました。爆心地から半径二キロ以内の地域はことごとく焼失し、家屋の下敷きになるなどしてかろうじて即死を免れていた人々を巻き込みました。また、爆心地から三・五キロ以内にいて、熱線を直接浴びた人々は、重い火傷を負いました。

被害はこれだけではありませんでした。原爆は、熱線や爆風だけでなく、大量の放射線を放出し、人体に多大なダメージを与えました。特に、爆心地から約一キロ以内にいて直接放射線を浴びた人々はほとんどが死亡しました。また、死の灰や黒い雨といった放射性降下物が、広範囲にわたって人々の上に降り注ぎました。さらに、爆心地に近い所には長時間にわたって「残留放射線」が留まり、このため、直接原爆に遭わなくても、救援活動や、肉親を探すなどして爆心地に近い場所に入った人々が被害を受けました（入市被爆）。そのような「二次被爆者」は、十万人を超えると考えられています。

放射線を浴びた人々は、その影響から、被爆後約五か月ほどの間に急性障害を発症し、多くの人が死に至りました。そして、一命を取り留めた人も、居森清子さんのようにその後長期にわたって苦しむことになったのです。

◇

原爆によって死亡した人の正確な数は、現在もわかっていません。しかし、一九四五年の十二月末までに、約十四万人の人々が死亡したと推定されています。

【参考資料】那須正幹・文　西村繁男・絵『絵で読む広島の原爆』福音館書店
広島市ＨＰ（http://www.city.hiroshima.lg.jp/www/genre/1001000002088/index.html）

Photo　被爆前後の広島①

①広島駅
上＝被爆前、南から見た広島駅（「〈絵葉書〉〈広島駅、昭和八年〉」広島県立文書館収蔵）
下＝被爆後、正面（南西）から見た広島駅（広島平和記念資料館蔵、撮影＝川本俊雄氏、提供＝川本祥雄氏）

②上空から見た広島城本丸周辺
右＝被爆前　左＝被爆後
いずれもWikimedia Commons

③**広島城天守閣**　右＝被爆前（「〔写真カード〕（（広島）広島城）」広島県立文書館収蔵）　下＝被爆後（広島平和記念資料館蔵・提供、撮影＝林重男氏）

④**日露戦争時に広島城内に置かれた大本営の跡**
上＝被爆前「〔絵葉書〕（（廣島名勝）史蹟大本営跡）」広島県立文書館収蔵）
下＝被爆後（広島平和記念資料館蔵・提供、撮影＝林重雄氏）

Photo 被爆前後の広島②

⑤紙屋町の路面電車
上＝被爆前「（絵葉書）（広島市紙屋町電車交叉点《こうさてん》）」広島県立文書館収蔵）
下＝被爆後（広島平和記念資料館蔵・提供、撮影＝川原四儀《よつぎ》氏）

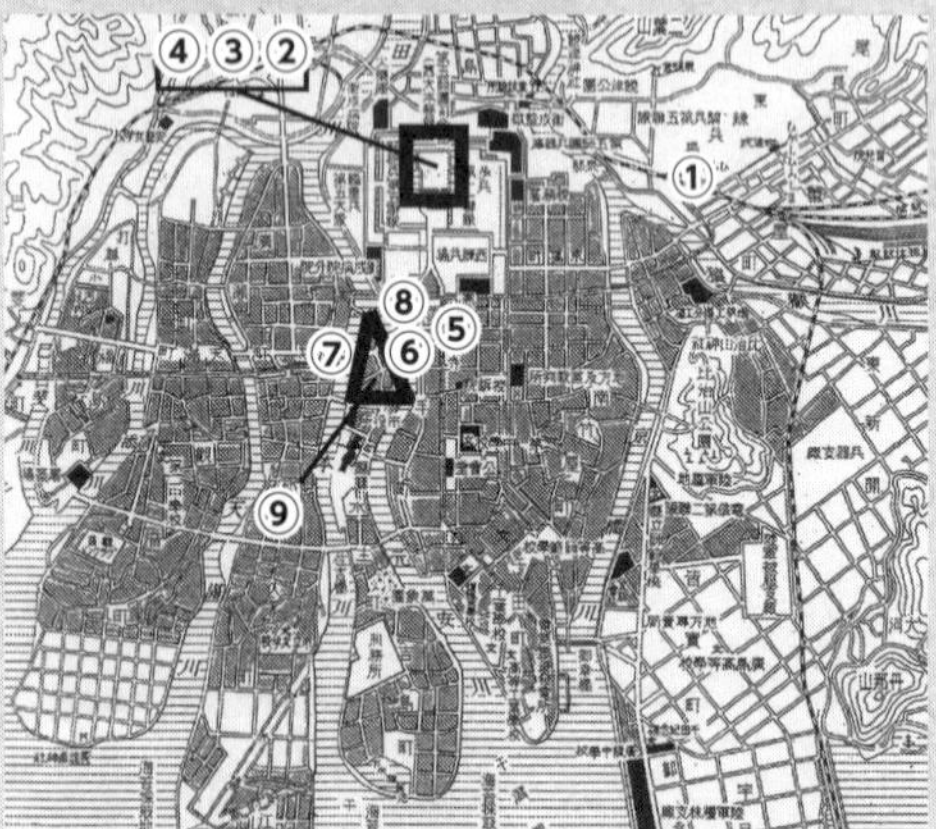

■写真の地図上における所在地
【60、61頁】①広島駅　②③④広島城本丸周辺、天守閣、大本営跡（四角の枠内）
【62、63頁】⑤紙屋町周辺　⑥元安橋　⑦本川橋
【64、65頁】⑧産業奨励館（原爆ドーム）
⑨中島町（三角の枠内）

⑥元安川を挟み、中島地区と大手町を結ぶ元安橋
上＝被爆前（「〔絵葉書〕（広島元安橋）」広島県立文書館収蔵）
右＝被爆後（広島平和記念資料館蔵、撮影＝川本俊雄氏、提供＝川本祥雄氏）

⑦太田川を挟み、中島地区と本川町周辺を結ぶ本川橋
上＝被爆前「〔絵葉書〕（広島本川橋）」広島県立文書館収蔵）　左＝被爆後。川の奥に見える残骸《ざんがい》が本川橋（広島平和記念資料館蔵、撮影＝川本俊雄氏、提供＝川本祥雄氏）

Photo 被爆前後の広島③

⑧相生橋を挟んで、本川国民学校の対岸に位置した産業奨励館（上）。原爆によって崩壊し、現在は原爆ドーム（下）として、核兵器の爪あとを後世に伝えている（いずれも広島平和記念資料館蔵・提供。写真下の撮影は米軍によるもの）

⑨広島有数の繁華街であり、多くの人でにぎわっていた中島地区（模型）。デルタ地帯の北端に、相生橋が見える。現在は広島平和記念公園　上＝被爆前、下＝被爆後（by John feather、Wikimedia Commonsより）

コラム

……その⑤

本川国民学校の被爆

現在の広島市立本川《ほんかわ》小学校は、一八七三（明治六）年、「造成舎」という名で現在地とは異なる場所に設立されました。その後、移転や幾度もの改称を経て、一九四一（昭和十六）年からは「広島市本川国民学校」となっていました。

一九二八（昭和三）年に建てられた校舎は、広島市内では珍しかった鉄筋コンクリート三階建の建物で、L字型の校舎が東南に延び、北西の角には地下室も備えていました。

◇

一九四五年八月六日午前八時十五分、米軍の爆撃機B29が投下した原子爆弾が、同校の東約三百五十メートル、上空約五百八十メートルで炸裂しました。強烈な熱線と爆風を浴びた校舎は、外部を残して瞬時に全焼、壊滅し、校舎内にいた人は即死、または体中にガラス片が突き刺さり大けがを負いました。また、校庭にいた人はほぼ即死しました。

当時、本川国民学校の総児童数は千二百人ほど。うち約八百人が集団・縁故疎開で広島市を離れていました。八月六日は、残る約四百人の児童のうち二百十八人が在校、他の児童は近隣の寺などで分散学習を行っていました。原爆は、この計四百人の児童をはじめ、校長、十名の教職員の命を一瞬

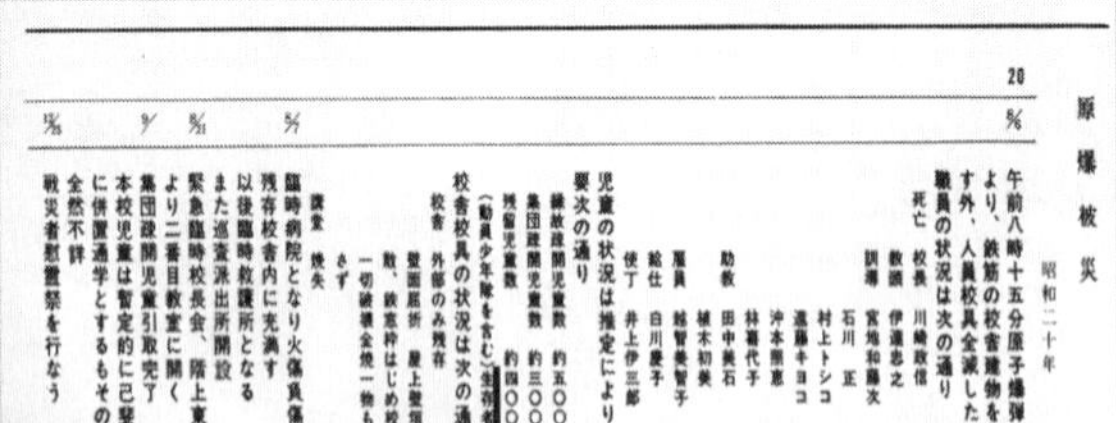

原爆被災

昭和二十年

20

8/6 午前八時十五分原子爆弾により、鉄筋の校舎建物を残す外、人員校具全滅した
職員の状況は次の通り
死亡 校長 川崎政信
教頭 伊達忠之
訓導 宮地和藤次
石川 正
村上トシコ
遠藤キヨコ
沖本照恵
林菊代子
助教 田中美石
植木初美
雇員 越智美智子
給仕 白川慶子
使丁 井上伊三郎
児童の状況は推定により大要次の通り
縁故疎開児童数 約五〇〇
集団疎開児童数 約三〇〇
残留児童数 約四〇〇
（動員少年隊を含む）生存者なし
校舎校具の状況は次の通り
校舎 外部のみ残存
壁面剥折 屋上壁飛散、鉄窓枠はじめ校具一切破壊全焼一物も残さず
講堂 焼失

8/7 臨時病院となり火傷負傷者残存校舎内に充満す

8/21 以後臨時救護所となる
また巡査派出所開設

9/ 緊急臨時校長会、階上東側より二番目教室に開く

12/25 集団疎開児童引取完了
本校児童は暫定的に己斐校に併置通学とするもその数全然不詳
戦災者慰霊祭を行なう

▲被爆当時の状況（『創立百周年記念誌』〔広島市立本川小学校発行〕より）
※「生存者なし」とあるのは、清子さんの生存が確認されていなかったため

にして奪い、生存者は教職員が一名、児童は居森（旧姓・筒井）清子さんだけでした（戦後二十八年間は、清子さんの生存は学校関係者に知られていませんでした）。

　被爆翌日、外部が残された本川国民学校は臨時救護所として使用され、けが人が残存校舎にあふれました。しかし、十分な薬や医療設備もなかったため、手当てを受けられないまま死亡する人が続出し、やむなく校庭で荼毘《だび》に付されました。

本川小学校平和資料館

◇

　本川国民学校では、翌年二月、最小限の補修をした校舎で、疎開から戻るなどした児童四十五名、教員四名で授業が再開されました。被爆校舎は、その後も補修・改修が繰り返されましたが、一九八八年、新校舎の完成とともに、一部と地下室だけを残して撤去されました。現在は、残存校舎がそのまま保存され、「本川小学校平和資料館」として被爆の「証《あかし》」を後世に伝えています。展示室には、当時の写真や被爆遺物などが保存され、また地下室は、そこで亡くなられた人々に思いを馳せる「祈り」の場として残され、毎年多くの修学旅行生や旅行者などの訪問を受けています。

【参考資料】『創立百周年記念誌』広島市立本川小学校発行
本川小学校平和資料館展示資料

コラム……その⑥

敗戦

　原子爆弾の投下とは前後しますが、太平洋戦争も中盤を過ぎると、日米の戦局は完全にアメリカ軍有利に傾き、日本軍は各地で敗走を重ねました。中でも一九四四年六月、マリアナ沖での海戦で惨敗したことにより、日本は西太平洋の制海権と制空権を完全に喪失します。アメリカ軍はマリアナ諸島に大規模な航空基地を建設し、大量のB29を配備しました。これにより、日本本土のほとんどがアメリカ軍の攻撃可能地域となり、以降、日本各地の都市がB29による空襲にさらされることになりました。

　この頃になると、日本軍にはほとんど戦力が残されていませんでした。兵の増員や物資の補給がなされず、勝ち目のない作戦に多くの兵士が投入され、命を散らしました。また、たび重なる空襲により、国民の間にも厭戦《えんせん》気分が広がっていきました。

　そんな中、アメリカ軍は日本近海に迫り、一九四五年二月には硫黄島《いおうじま》に上陸、日本軍の守備隊を全滅させます。四月には沖縄本島に上陸し、十二万二千人もの沖縄県民（沖縄出身兵含む、諸説あり）が戦火に巻き込まれて命を落としました。

　日本政府の中でも、一九四五年の初頭には、「戦争を終結させるべき」との声が上がっていました。しかし、「徹底抗戦」を唱える軍部の存在や、終結の方法について政府内で意見が分かれるなどし、その後も数か月の間、いたずらに戦争を長引かせることになりました。

　七月、米・英・ソ連の首脳はベルリン郊外にあるポツダムに集まり、第二次世界大戦の戦後処理に関する会談を行いました。その間、アメリカのトルーマン大統領に、原爆実験成功の知らせがもたらされます。

これにより、トルーマンは、ソ連の力を借りずに日本を降伏させることができると考え、原爆投下命令書にサインをしました。そしてその翌日、日本への降伏勧告である「ポツダム宣言」を米・英・中三国の名で発表します。しかし当時の鈴木貫太郎内閣は、ソ連の仲介による和平に望みをつないでおり、ポツダム宣言を「黙殺」しました。その結果、広島と長崎に原子爆弾が投下されることになりました。

　さらに八月九日、頼みの綱であったソ連が中立条約を破棄して満州や樺太に侵攻しました。これにより、ついに日本は天皇の「聖断」（天皇が下す裁断のこと）としてポツダム宣言を受諾。多大な犠牲を払った太平洋戦争が終結に向かうことになりました。

　八月十五日、国民の多くは「正午から重大発表がある」との知らせを聞き、ラジオの前に集まりました。そこから流れたのは、それまで「神」とされてきた天皇による敗戦宣言でした。この「玉音《ぎょくおん》放送」をきっかけに、人々は日本の敗北を知りました。「絶対勝つ」と教え込まれてきた戦争への敗北に涙した人もいましたが、「これで空襲がなくなる」「これで生きて帰れる」と、心から安堵した人も少なくありませんでした。

【参考資料】伊藤隆著『読みなおす日本史　昭和史をさぐる』吉川弘文館
朝日新聞社編『庶民たちの終戦「声」が語り継ぐ昭和』朝日新聞社
吉田弘・森茂樹著『戦争の日本史23　アジア・太平洋戦争』吉川弘文館

写真上・1945年、ポツダム会談のようす（Wikimedia Commons）

第3章
家族のいる幸せ
忘れかけた
戦争体験

広島県双三《ふたみ》郡の吉舎《きさ》町ですごした清子《きよこ》さんは、しばらくしてまた呉《くれ》に戻り、住み込みで呉服屋などに勤めて一生懸命働いた。

二十代の頃のこと。神奈川県に親戚がいるという知り合いに、上京を勧められた。「横浜の方に行けば、まだいい仕事がたくさんあるかもしれない。行ってみたら?」と。そのことばを受け、清子さんは神奈川県に移り住むことにした。二十八歳の時だった。

引っ越し先では、隣に住む女性と知り合い、たちまち仲良しになった。その女性、居森《いもり》タカさんは清子さんの親ほどの年齢で、電気設備会社に勤める息子と二人暮らし。清子さんが隣に越した時は、息子は北関東に長期出張しているとのことで、不在だった。タカさんは何かと清子さんの世話を焼いてくれ、たちまち二人は打ち解けた。そのうち清子さんは、タカさんに自分が被爆者であることも打ち明けていた。

タカさんの息子こそが、後に清子さんの夫となる公照《ひろてる》さんだった。

ある日、長期出張を終えた公照さんがようやくわが家に帰り着くと、待ち構えていたタカさんが言った。「しっかりした子がいるから、会ってみない?」公照さんは当時二十九歳。それまでは、男性ばかりの職場でこれといった出会いもな

(1) 気風がいい(きっぷがいい) 最近ではあまり使われないことばですが、思い切りがよく、はきはきした、さっぱりした性格の人のことを指します。

清子さんは子ども時代に両親を失い、ほとんど一人でその後の人生を生きてきたため、さばさばしていたのだろう、と公照さんは言います。

【写真】若かりし頃の清子さん

(2)「ケロイド」(けろいど) 身体に受けた傷が治った後、皮膚に残った痕(あと)が異常に大きくなり、隆起したものを指します。「火傷(やけど)の痕」と思われることが多いのですが、外傷や手術痕、時には原因がわか

く、独身のまま、まもなく三十歳を迎えようとしていた。聞けば、相手は一つ年上で、「ヒバクシャ」（被爆者）だという。とにかく、会ってみることにした。

後日、居森家を清子さんが訪ねた。「お母さんには、いつもお世話になっています」。慎ましく挨拶をする女性を見て、公照さんはたちまち好感をもった。

公照

「清子は今までつらい思いをしてきた。よし、俺が幸せにしてやるぞ！」という気持ちで結婚しました。

第一印象から、「かわいい女性だなあ」と感じました。とにかくきっぷがよくて、[※1]しっかりしている。当時「ヒバクシャ」と言えば、外見に「ケロイド」[※2]があるなど、皆一様に痛ましい姿をしていると思われており、私もそういうイメージをもっていました。ところが清子は、一目で被爆者だとわかるような痕《あと》がないどころか、私の目には健康で明るい、美しい女性に見えました。

交際を申し込んだ当初、清子は「私は被爆者だから」と渋っていました。私が「そんなの関係ないよ」と言っても、「いつ病気になるかわからないし、長生きで

らず発生することもあります。

原子爆弾が投下された際、強烈な輻射熱（ふくしゃねつ）によって火傷を負った多くの人に、それが治ったと思われた後、傷痕の部分の皮膚や肉が盛り上がり、ひきつれが現れました。原爆による「ケロイド」の発生には、放射線の影響があったと言われています。

特に、顔や、身体の通常衣服の外に出る部分に「ケロイド」が現れた人は、日常生活にも支障をきたし、たいへんつらい思いをしました。

アルバイトでウェイターをしていた頃（1958年頃）

清子さんと出会う前、青年時代の著者

楽器店でアルバイトしていた頃（1955年頃）。学生時代は、いろいろなアルバイトを経験した

きないと思うから」と。私は「大丈夫！ 俺が一生面倒見るから」と約束して、一九六五年、結婚へとこぎつけました。「彼女は今までの人生でつらい思いをしてきた。よし、俺が幸せにしてやるぞ！」という気持ちでした。

結婚生活は順調だった。清子さんは、子どもがいなかったため外へ働きに出、帰宅後は洗濯、料理、炊事などをこなす日々。慌ただしかったが、家族のいる暮らしは幸せだった。

一人で生活していた頃は、自分が被爆者であることがいつも心の隅にあり、いつ後遺症が出てくるかと不安な日々を過ごしていたという。しかし、結婚後の忙しい、けれども楽しい日々は、清子さんを不安から解放していった。いつの間にか、自分が被爆者であるという事実を思い出すことも少なくなっていた。

公照

清子は、自分が被爆者だということは周囲に話さないようにしていました。大きな火傷《やけど》もけがもなく、見た目にはそれとわかりませんでしたしね。あの頃は、「ヒバクシャ」だとわかれば、「医療費がただになっていいね※3」とか、「戦争で体が

（3）被爆者への医療支援（ひばくしゃへのいりょうしえん）　この頃は、一九五七年に制定された「原子爆弾被爆者の医療等に関する法律」（原爆医療法）により、被爆者は国の費用で医療が受けられるようになっていました。また、一九六八年には「原子爆弾被爆者に対する特別措置に関する法律」が制定され、被爆者への健康管理手当の支給などが始まっていました（現在、右記の法律は「被爆者援護法」に一本化されています）。

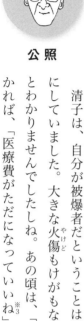

不自由になったり、家を失ったりした人はたくさんいるのに、どうして被爆者だけ特別扱いをされるのか[※4]」などと心ないことを言われたこともずいぶんあったようです。また、偏見も根強く、まるで伝染病のように思われていました。私が清子と結婚した時も、会社の同僚に「奥さん『ヒバクシャ』なんだって？　同情で結婚したの？」などと面と向かって言われたものです。その頃はまだ、「被爆」の実態や、被爆者の人生にその後どんな影響が出てくるのか、多くの人が知らなかったのです。

清子

ずっと後になってからの話ですが、入院した義母（タカさん）のお見舞いに行った際、同じ病室の方がたまたま被爆者だったことがありました。私が、「実は私も被爆者なんです」と打ち明けると、その方は、「私は被爆者だということをずっと隠しています」と話してくれました。「隠していると、被爆者手帳[※5]をもらえないから、医療費がかさんで大変でしょう」と言うと、「大変です。でも、今さら主人にも子どもにも言えません」と。そのように、家族にさえ言えない、言わないという被爆者の方は、少なくありませんでした。

(4) 戦争犠牲者への補償（せんそうぎせいしゃへのほしょう）　戦争では、空襲などで民間人は多大な被害を受けました。しかし国の戦争犠牲者に対する補償は行われず、一九五二年に公布された「戦傷病者戦没者遺族等援護法」でも、あくまで軍務に服した軍人軍属が対象となりました。その他、満州などからの引き揚げ者や、原爆被害者に対しても十分とはいえない措置がなされましたが、空襲被害者には何の補償もなく、そのため、彼らの不満の矛先が被爆者や引き揚げ者などに向かうこともありました。

(5) 被爆者健康手帳（ひばくしゃけんこうてちょう）　一九五七年の「原爆医療法」の制定により、広島市・長崎市やその隣接区域で被爆した人を対象として支給され、医療補償を受ける証明となり

新婚時代の清子さんと著者（1960年代後半頃）

ました。その後、数十回にわたる法令の改正により、現在は、被爆者援護法の下、①原爆投下当時の広島市内、長崎市内、または一定の隣接地域内において直接被爆した人、②原爆投下後、二週間以内に、爆心地から約二キロ以内の区域に立ち入った人、③多数の被爆者と接触し、自分の身体が放射能の影響を受けるような事情にあった人、④これら①～③に該当した人の胎児だった人、のいずれかに該当する人が申請できるよう、対象範囲が広がっています。

公照

そのような中、被爆者であることを清子が私の母に打ち明けたというのは、よほど気が合ったということでしょう。母は、警察官の妻として父をずっと支えてきたからか、面倒見のいい人でした。父の不在時に駐在所を訪ねてきた人の話を、じっと聞いてあげたりしていましたから。

母は隣家に引っ越してきた清子に初めて会った時、「健気《けなげ》な女の子だな」という印象をもったそうです。そして、自分にできる範囲で清子を手伝ったり、元気づけたりもしていたようです。実母を原爆で亡くしている清子は、そんな母を本当の母親のように慕い、気を許していました。

結婚後、私たち夫婦と母とはいつも一緒でした。長期休みを取っては、車に乗って三人で旅行に出掛けました。下田、箱根、富士山、金沢、東尋坊《とうじんぼう》、鳥取砂丘、天橋立《あまのはしだて》、佐渡島《さどがしま》、温泉津《ゆのつ》温泉、富士サファリパークなど――。ずいぶんあちこちへと、二人を連れていきました。

清子も、旅行を本当に楽しんでいました。車が好きで、高速道路で隣車線の車に抜かれたりすると、「もっと速く走れないの?」と言って助手席で悔しがるんです。

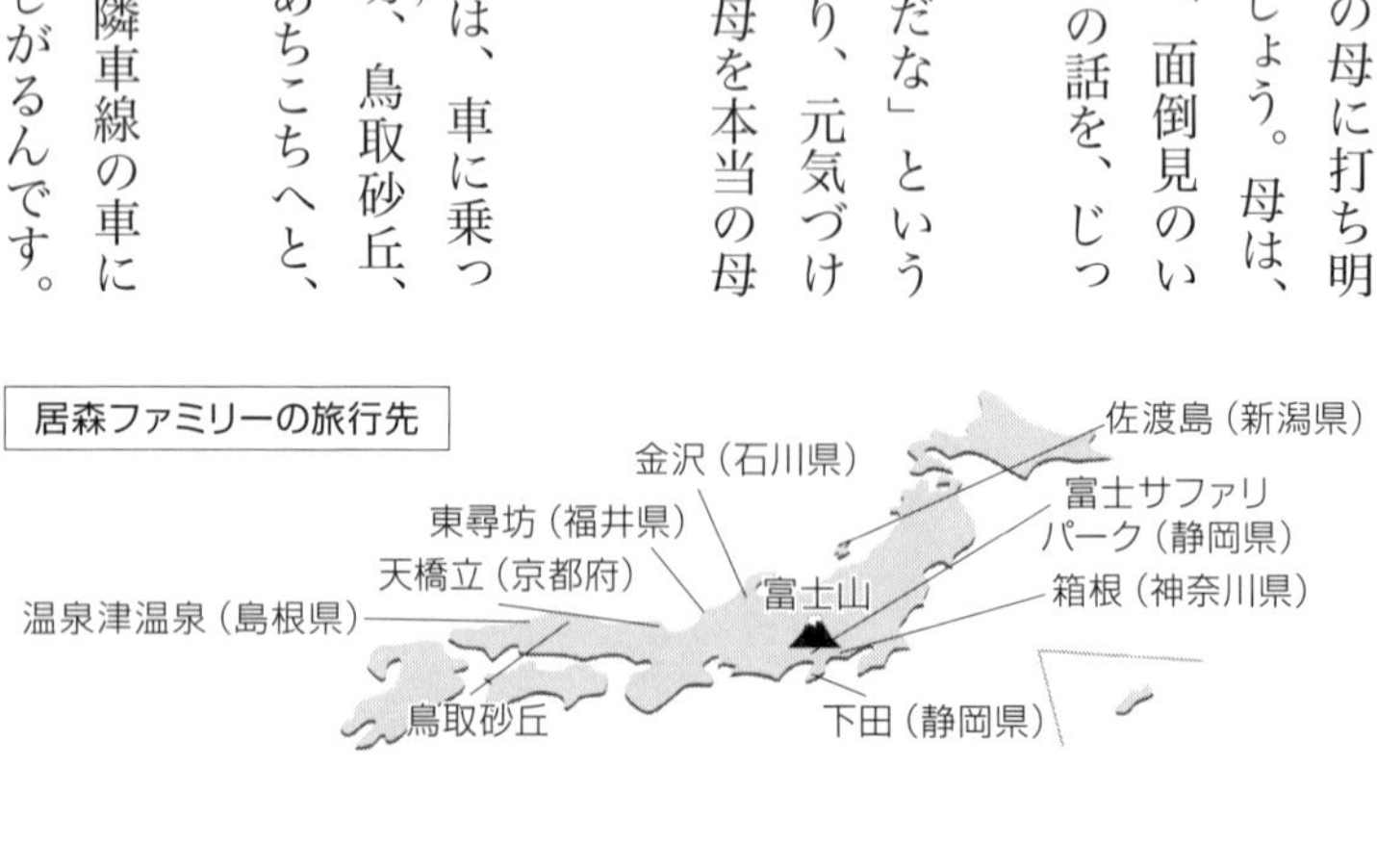

居森ファミリーの旅行先

②

③

④

①

①伊豆・大室山《おおむろやま》の登山リフトに乗る清子さんを撮影。②③天橋立へ。「股のぞき」で逆さに見る清子さん。砂州が、天に架かる橋のように見える。④⑤日光へ旅行。義母娘のツーショット

⑤

ある時などは、私の車が当時としては珍しいノンクラッチ[※6]だったので、安全な場所で「運転席に乗ってみる?」と聞くと「やりたい」と。運転席に座った清子がブレーキから足を離すと車が動き出し、「あっ！　動いた動いた！」と言った瞬間、手もハンドルから離してしまって慌てたり。楽しかったですね。

旅行では写真をたくさん撮りました。清子も車内から景色をパチパチ撮って、うれしそうだったのを覚えています。三人で写真に収まるときは、私の身長が高くて、母の背も清子より高かったものだから、清子はいつも、知らない間にちょっとした

上：清子さんが撮影すると、たいてい公照さんの頭が切れてしまった
下：写真撮影時はいつも、公照さんが気づくと一段高いところに登っていた清子さん

(6) ノンクラッチ車（のんくらっちしゃ） 今で言う「オートマ」（オートマチックトランスミッション）の車を指します。日本では、一九五〇年代後半から導入が始まりましたが、この頃はまだ「マニュアル」（マニュアルトランスミッション）車が主流でした。
マニュアル車は、発進時や速度を上げる際には

段の上に乗っていました。階段で撮るときも、足元は私や母より一段上なんです。私と母を清子が写すときは、私の頭のてっぺんがいつも切れてしまいました。母を写真の中央に収めたからかもしれません。アルバムを見て、よく笑ったものでした。

母と清子はとても仲がよくて、清子は「実の母親に親孝行できなかったから、その分、お義母《かあ》さんに孝行するんだ」と、本当に母によくしてくれました。二人でよくけんかもしていましたが、それだけ、実の親子のように言いたいことを言い合っていたようでした。

上：鳥取方面への旅行。秋芳洞《あきよしどう》（山口県）入り口前、土産物店が並ぶ通りを連れ立って歩く義母娘
下：鳥取砂丘。足場の悪い中、互いに気遣って歩くタカさんと清子さん

クラッチを切る、つなぐといった動作が必要で、スムーズな操作にはある程度の経験を必要としました。一方、オートマ車にはこの動作が不要で、シンプルな操作での運転が可能でした。

母は一九八八年、私が五十三歳の時に肺がんを患い、八十三歳で亡くなりました。母の入院中、私と清子は交代で一晩中付き添い、母を看取りました。母の死後、私は清子に「お母さんが亡くなった年までは生きてくれよ」と言いましたが、結果的に清子は、母の亡くなった年齢より一年早く逝きました。

三人で楽しかった当時、清子が被爆者であることを思い出す瞬間は、それほどありませんでした。戦後数十年がたち、すっかりそんな気配もありませんでしたから。

鳥取砂丘で

コラム ……その⑦ 戦後復興（1945〜1960年代）

一九四五年八月、ポツダム宣言を受諾して降伏を表明した日本は、アメリカを中心とした連合国軍の占領下に置かれることになりました。マッカーサー元帥《げんすい》を最高司令官とする総司令部（GHQ）は、日本軍を武装解除させ、戦争に対してさまざまな責任を負う政治家や将兵を「戦争犯罪人」として逮捕・裁くとともに、軍人や国家主義的な思想をもつ人を公職から追放しました。さらに、教育・医療改革や女性への参政権授与、労働組合の奨励など、日本の民主化を推し進めました。そしてこのGHQの下、一九四六年、日本政府によって「大日本帝国憲法」に代わる「日本国憲法」が誕生しました。

◇

一方、外地に派兵されていた将兵の復員（帰国のこと）や、開拓民として海外にいた人々の引き揚げも行われました。当時海外にいた人々は将兵が三百六十七万人、民間人は三百二十一万人と言われており、これらの人々の帰国は容易ではありませんでした。満州にいた将兵、民間人男性の中には、ソ連軍に捕らえられ、シベリアでの強制労働に従事させられた人もいましたし、家族と離ればなれになって中国に残留を余儀なくされた子どもや、無事に日本に帰り着いたとしても、両親を失って孤児になった人も少なくありませんでした。

また本土にも、戦災孤児や空襲で家を失っ

写真・GHQのマッカーサー最高司令官を訪問した昭和天皇
(by Gaetano Faillace、Wikimedia Commons)

た人々、傷痍《しょうい》軍人などがあふれました。人々はバラック（一時的に建てた粗末な家屋）を建てて住み、深刻な食糧難の中、配給も行き渡らず、食べ物を求めて農村などへ出掛けました。また、各地に闇市（物資の統制下において、配給の不足を補うため非合法的に設けられた市場）ができ、物資を求める多くの人でにぎわいました。

◇

こうした混乱期は戦後しばらく続きましたが、戦争で低迷した日本の経済を復調させたのは、皮肉なことに、一九五〇年に起きた朝鮮戦争による特需（一般に、在日米軍が日本で調達する物資・役務に関する特別な需要を言います）でした。この、いわゆる「朝鮮特需」によって日本経済が拡大し、一九五〇年代以降には、「神武景気」、「岩戸景気」、「オリンピック景気」（一九六四年）、「いざなぎ景気」（一九六五年）と呼ばれる好景気が立て続けに発生しました。この時期を、「高度経済成長期」と言います。

一九六八年には、日本の国民総生産が世界第二位となりました。戦争の焼け野原から復興し、わずか二十数年で世界二位の経済大国となった日本の経済成長は、「東洋の奇跡」とすら言われました。

人々の暮らしも大きく様変わりしました。GHQによる民主化政策の中で、戦前のさまざまな統制から解放された人々は、戦後まもなくから出版やファッションなどあらゆる分野に関心を広げ、貧しさの中にも「自由」を謳歌《おうか》するようになりました。高度経済成長期を迎える頃には、人々の暮らしも安定し始め、「三種の神器」と呼ばれたテレビ、洗濯機、冷蔵庫の家電のほか、自動車なども急速に家庭に普及しました。

【参考資料】吉田弘・森茂樹著『戦争の日本史23　アジア・太平洋戦争』吉川弘文館
東京都江戸東京博物館監修『江戸東京歴史探検六　昭和の暮らしを追ってみる』中央公論新書
谷川健司編著『占領期のキーワード100』青弓社

第4章

追いかけてきた核の怖さ

公《ひろ》照《てる》

放射線障害というのは本当に恐ろしい。被爆後、これだけ年数がたってから影響が出るんだな。

あれは一九七四年三月、私が横浜市大病院で検査を受けるため、つき添いの清子《きよこ》と一緒に出掛けた時のことでした。病院からの帰り道、清子が突然激しい腹痛を起こして苦しみ始めたのです。私たちは、すぐに家の近くにある病院に駆け込みました。当初、私も清子も「胃けいれん[※1]でも起こしたのだろう」と軽く考えていたのですが、検査結果は思いがけないものでした。「膵臓《すいぞう》に異常がある」というのです。病院長は、清子が被爆者であるということで、原爆症による癌《がん》を疑い、詳しい知識をもつ広島大学・原爆放射能医学研究所[※2]（原医研、当時）に連絡するよう勧めてくれました。

すぐに原医研に連絡を取ったところ、広島に来るように言われ、清子は広島大学附属病院に入院となりました。私も、入院にあたって家族のつき添いが必要とのことで、母と一緒に広島市内のビジネスホテルに宿泊し、一日ずつ交代で清子の世話をしました。

(1) 胃けいれん（いけいれん） まるで、胃がけいれんしているかのような「みぞおちを中心とした痛みの発作」全般のことを言います。胃けいれんは病名ではなく、症状に対する名称であり、さまざまな原因があります。

(2) 原爆放射能医学研究所（げんばくほうしゃのういがくけんきゅうじょ） 一九六一年、「原子爆弾の放射能による障害の治療及び予防に関する学理並びにその応用の研究」を目的として開設されました。

一九九四年と二〇〇二年に改組・再編が行われ、現在は「原爆放射線医科学研究所」に改称される病院でのさまざまな検査の結果、清子には膵臓癌の疑いがあることがわかり、五月に手術が行われることになりました。手術によって腫瘍《しゅよう》は切除されましたが、悪性ではなく良性だったとのことで胸をなでおろしました。しかし術後、清子は「自己消化[※3]」という状態に陥り、熱が四十度を超える日が一週間も続き、一時は生命すら危険な状態となりました。私と母は、集中治療室の清子の隣に簡易ベッドを置いてもらい、そこに寝起きして清子を見守りました。

ある時、こんなことがありました。私は清子の看病で、一睡もできない日々がずっと続き、くたくたで足もぱんぱんにむくんでいました。ちょっと一休みしようと簡易ベッドにそっと横になると、清子がベッドをたたくのです。そのせいでたちまち目が覚めてしまい、それが一晩中繰り返され、とうとうその日も一睡もできませんでした。あとで清子に聞くと、本人にはまったく自覚がありません。あの時は本当にまいりました。

その後、なんとか清子の熱も下がり、一般病棟に移れるようになったため、私と母はようやく横浜に帰りました。

しかし、これはほんの始まりにすぎませんでした。それから十一年後の一九八五

と同時に、その目的も「原子爆弾その他の放射線による障害の治療及び予防に関する学理並びにその応用の研究」へと変更されています。

(3) 自己消化（じこしょうか）　自分の体内に存在する酵素によって、身体の成分が分解されることを「自己融解」と言いますが、中でも、胃腸粘膜が胃液や消化酵素によって消化されることを、「自己消化」と呼びます。

年、五十一歳になった清子は、母に「首が腫《は》れている」と指摘され、地元の病院で検査を受けることになりました。その数日後のことです。病院から、私宛てに電話がかかってきました。「清子さんには知られないよう、病院に来てほしい」と言います。私は清子の病状のことだと思い、出掛けていきました。

「甲状腺癌、それも、最も悪質な未分化癌※4の疑いがあります。仮にそうであれば、奥さんの余命はあと一月ほどでしょう」

突然の宣告でした。驚きましたが、私は、被爆者は癌になりやすいというのを承知で清子と結婚しています。「すべてを神様にゆだね、手術を見守ることしか自分にはできない」と感じました。そして先生に、「お任せしますので、できるだけ最高の手術をしてやってください」と伝えました。

その後病室を見舞うと、清子が唐突に「私、癌でしょ」と言うのです。当時はまだ重篤な病気を本人に告知しない時代でしたから、清子は知らないはずでしたが、自分は被爆者だということでそれなりに覚悟していたのかもしれません。

手術当日は、広島から鎌田七男《かまだななお》医師（現・広島大学名誉教授）も病院に駆けつけ

（4）未分化癌（みぶんかがん）　人間の細胞は、分裂を繰り返すうち、さまざまな機能・形態をもつ細胞に変化します。これを細胞の「分化」と言い、その進み具合を「分化度」、そしてその度合いに応じて、未分化、低分化、高分化などと表現されます。分化度の低い(未分化・低分化)細胞は、活発に増殖する傾向があります。甲状腺未分化癌は、発生頻度は低いものの甲状腺癌死に占める割合が高く、その予後も良くありません。

病床の清子さんと鎌田医師（2013年以降の撮影）

てくれました。鎌田先生は、清子が膵臓腫瘍を患った際にとてもお世話になった先生で、後に原医研の所長も務められた、原爆による放射線障害研究の第一人者です。この後、清子が立て続けに癌を発症するようになったことで、鎌田先生には最後まで長らくお世話になることになります。

私と鎌田先生が見守る中、五、六時間の手術が終わりました。清子は結果的に未分化癌ではなかったとのことで、この場は一息つくことができました。

その後、清子は六十代の時に大腸癌を二回と、脳の髄膜《ずいまく》の癌も発症しました。さらに七十二歳の時には背中にも癌ができました。とにかく、「首が腫《は》れてきた」と言っては甲状腺癌、「便に血が混じっている」と言っては大腸癌と、五十歳以降、「身体がおかしい」と思って病院に行くと、そのたびに癌が見つかるのです。そういうことが何度が続くうち、私たちはいよいよ被爆の影響をより深刻に考えるようになりました。

「これはちょっと普通じゃないぞ」。そう思った私は、原爆による放射線障害について自分なりに調べ始めました。そして実感したのは、「ああ、これが原爆症か。放射線障害というのは本当に恐ろしい。被爆後、これだけ年数がたってから影響が出るんだな」ということでした。長年被爆者の調査を続けてこられた鎌田先生にも、被爆後六十年たってから髄膜に癌を発症する人が多いことなどを教えていただきました。

今思えば、清子はよく八十二歳まで生きてくれたなと思います。調べれば調べるほど、いろんな体験者の話を聞けば聞くほど、清子が生きていたのは当たり前でなく、不思議なことだったのだと感じています。

三度めの癌発症以降は、私は清子に病状を隠しませんでした。「先生、何て言ってた？」と本人に聞かれると、「大腸癌だってさ。でも手術したら大丈夫らしいよ。

五年生存率[※5]もけっこう高いから」というふうに、すべてを伝えていました。すると清子は、「私は被爆者だからね。癌になるのは覚悟してたけど、ごめんね」と言います。私のほうはといえば、それを承知で結婚したわけですから、「しっかり面倒見てやるよ、心配するな」と答えてやりました。

入院を繰り返すと、清子もある程度は慣れてきたようでした。髄膜の手術をした時などは、退屈だったのでしょう。病室から見える自宅に帰りたがり、手術の一週間後に「帰らせてください」と言って医師を困らせたりしました。

母の死後は、清子の入院中は私が家のことをやるようになりました。それまでは、家事などやったことがなく、仕事から帰ってきたら、清子が出してくれた夕食を食べて寝るだけ。完全に任せっきりでした。私が担当するようになってからは、「清子はこれを全部やっていたのか、大変だったろうなあ」とわかるようになりました。

慣れないうちは、買い物に行くことすら大変でした。それまでは、「男がスーパーに買い物になんて行くもんじゃないよ」と威張っていましたから。最初は恥ずかしく感じていましたが、回を重ねるうちにだんだんと平気になりました。それでもいちばん恥ずかしかったのが、入院中の清子が必要だからと、デパートに女性用の下着を買いに行ったことです。あれは本当に恥ずかしかったですね（笑）。

（5）五年生存率（ごねんせいぞんりつ） 診断から五年経過後に生存している患者の比率のことを言います。

コラム ……その⑧ 被爆者の戦後と原爆症

直接原爆に遭った人や、原爆の直後に肉親の捜索、救援活動、遺体の処理などのため広島市内に入った多くの人が、放射線にさらされました。そうした人々は、その日かそれに近い日に、脱毛、血便、全身のだるさ、食欲不振、発熱、皮膚の出血斑《はん》といった症状を発症し、多くの人が亡くなりました。放射線による急性症状です。

清子さんも、避難先の農家で急性症状を発症し、食欲不振、嘔吐《おうと》、発熱などに苦しみました。鎌田七男氏（広島大学名誉教授）による「近距離被爆生存者」の総合調査によれば、原爆投下時に清子さんが浴びた放射線量は、半致死（半数が死に至るとされる）の四シーベルトを超える、四・九シーベルト（四千九百ミリシーベルト）と推定されています。

清子さんは、その後引き取られた親戚宅でも、脱毛、全身のだるさに襲われ、起きていられない日が一月《ひと》に十日以上あったといい、次のように回顧しています。

「周囲の人たちには、私がとてもなまけ者のように見えたことでしょう。とにかく原因不明なのですが、私としてはいくら頑張ろうと思ってもどうすることもできず、起きていられないという、とてもつらい時を過ごしました」。原因不明とされるこうした症状は、「仕事もしないでぶらぶらしている」といった誤解・偏見を生み出し、差別的なニュアンスを込めた「原爆ぶらぶら病」などと呼ばれました。また、「病気がうつる」という根拠のない中傷・差別が流れ、被爆者を苦しめました。

◇

被爆者を襲った原爆症は、これだけではありませんでした。急性障害を切り抜けた人を、数十年たってから急性白血病、流産、各種の癌といった後《こう》障害（晩発性障害）が襲いました。清子さんも二度の流産を経験し、たび重なる癌に苦しみました。こうした、後障害の発症の可能性を思い、「いつ病気になるか」という不安を抱え続けた被爆者の心中は、いかほどだったでしょうか。

さらに、原爆によって肉親や親しい人を亡くした、被爆直後の悲惨な状況を目にした、助けを求める声に応じることができなかったなどの凄惨な経験は、被爆した人々の心に大きな傷となって残りました。そのため、長年の間ＰＴＳＤ（心的外傷後ストレス障害）に苦しむ人も少なくありませんでした。

◇

こうした被爆した人々のために、「原子爆弾被爆者の医療等に関する法律」（健康診断や医療費の給付、一九五七年）、「原子爆弾被爆者に対する特別措置に関する法律」（各種手当ての支給、一九六八年）が制定されました。しかし、被爆者の高齢化など、被爆者を取り巻く環境の変化に伴い、施策の更なる充実と総合的な対策が求められるようになり、一九九四年には、前述の二つの法律を一本化するかたちで「原子爆弾被爆者に対する援護に関する法律」（被爆者援護法）が制定されました。しかし、一九四五年から今日に至るまでには、「在外被爆者」（日本で被爆後、母国に帰国した外国人や、海外に移住したりした人）として支援が受けられなかったり、被爆認定制度の基準に誤りがあるとして、被爆者認定訴訟を提訴し、闘い続けている人も少なくありません（在外被爆者への支援規定に関しては、幾度か見直しが重ねられています）。

【参考資料】栗原淑江著『岩波ブックレット376　被爆者たちの戦後50年』岩波書店
郷地秀夫著『「原爆症」罪なき人の灯火を継いで』かもがわ出版
鎌田七男著・発行『広島のおばあちゃん　過去 現在 未来 ― 中・高校生、社会人向け ―』シフトプロジェクト

第5章
生かされた使命に気づいて

癌《がん》を患った清子《きよこ》さんが、病気と闘いながら六十九歳から取り組み始めたことがある。それが、原爆を体験した者としての語り部[※1]の活動だった。

きっかけは二〇〇三年。横浜市の中学校に勤める教員から、突然連絡を受けた。市立東鴨居《ひがしかもい》中学校の赤田圭亮《あかだけいすけ》教諭（当時）である。ふだんから平和教育に熱心な赤田教諭は、その年の春、清子さんが被爆者として受けた神奈川新聞の取材記事を見て驚いた。「広島の本川《ほんかわ》国民学校でただ一人の被爆生存者が、横浜におられるとは」。そしてすぐに連絡先を調べ、「その貴重な体験を、広島への修学旅行を控えた本校の生徒にぜひ話してください」と依頼した。

その年の五月。清子さんは、モルヒネで痛みを抑えながら三十分間、東鴨居中学校の百四十人の生徒の前で被爆体験を話しきった。その四日後、突然の体調不良に見舞われ、緊急入院することに。病室で天井を眺めながら、数日前の講演会のことに思いを巡らした。「子どもたちに自分の思いはちゃんと伝わったのだろうか」。悶々《もんもん》としていたある日、病室に生徒たちからの感想文が届けられた。

（1）語り部（かたりべ） 広くは、昔から語り継がれている神話、伝説、昔話、歴史などを現代に語り継いでいる人のことを意味します。ここでは、特に戦争体験を後世に残そうと、各地で証言活動を行う人のことを指しています。

清子

神様に、「平和の体験を、一人でも多くの人に話しておかなくてはならないよ」と言われている気がしました。

それは、次のような手紙でした。

（清子さんが被爆体験を）思い出すのはすごくつらかったと思うけど、それを私たちに話してくれるのはうれしかったです。使命だと言う居森《いもり》さん（清子さん）のことばを聞いて、強い人だと思った。私も居森さんのように、生きていることに誇りをもって生きていけたらいいなと思った。

このような生徒さんたちの感想文を読んで、「ああ、ちゃんと届いたんだな」と思うと同時に、神様に「おまえはまだすることがあるよ。戦争の体験と平和への思いを、一人でも多くの人に話しておかなくてはならないよ」と言われている気がしました。この年まで生きてこられたのは不思議なこと。自分の体験を伝えることを、より使命として生きていかなければ、という気持ちが湧いてきたのです。

以後、招かれるまま各地へ出掛け、被爆体験と平和への思いを語り継いでいく「語り部」としての活動が始まった。その回数は、亡くなるまでの十数年間で実に百回以上にのぼる。清子さんの語り部への思いを聞いた当初、公照《ひろてる》さんはあまり賛成できなかったという。「体に障《さわ》る」というのがその理由だったが、清子さんの熱意に触れるうち、「全力で活動を支えていこう」という思いが湧いてきた。

講演の依頼が入ると、二人で毎回、被爆当時の記憶を呼び起こしながら聞き手に合った原稿を作った。相手が子どもならわかりやすいことばで、中学生なら少し難しいことばを使って。公照さんが清子さんのことばを引き出しながら、何を語りたいか、わかりやすく伝えるにはどういう順序で話すのがよいかを考え、清子さんが読みやすいよう、大きな文字で原稿をまとめた。

講演は、〝清子さんの活動〟ではなく、夫婦二人三脚での活動だった。

公照

人前で話す以上は、内容がちぐはぐになったり話しそびれたりしないように、そしてちゃんと時間内に終わるように、考えて原稿を作りました。そんな作業を重ねるたび、清子の思いの深さがより強く伝わってきました。最初こそ、「身体が

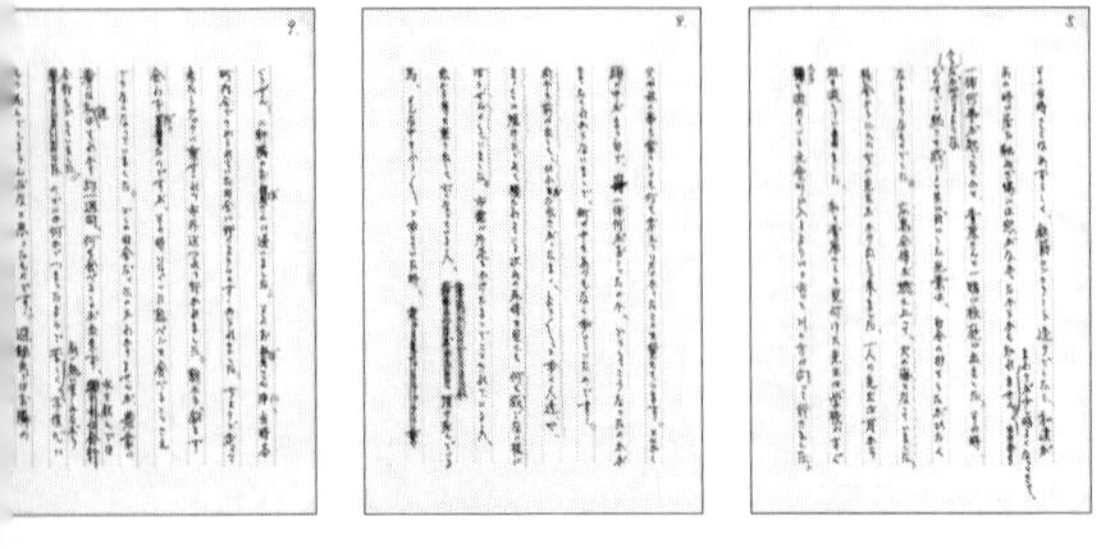

◀夫婦で制作した講演原稿の一部。話しやすいよう、聞き手にもわかりやすいよう、何度も推敲《すいこう》が重ねられている。この原稿を、講演があるたびに新しく作った

心配だ」という思いはありましたが、清子がやりたいと言っているんだから、そして結婚時、「おまえの面倒は一生見てやるよ」と約束したんだから、その望みをかなえてやるのは当たり前だと思い直しました。「全面的に支えるから、いっしょにやろう」と。

清子も、私のことを全面的に信頼してくれているようでした。講演先に一人で出掛けることはなく、必ず私と一緒でした。清子は足腰が弱っていましたから、私の

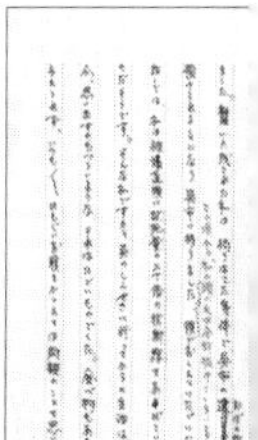

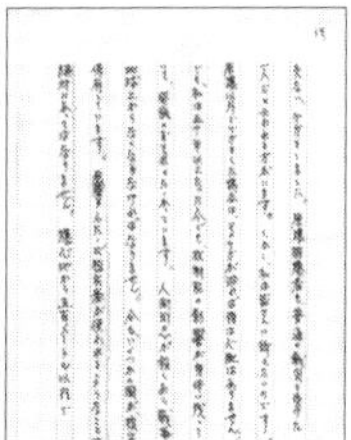

▲ 講演で被爆体験を話す清子さん

▲ 自宅でテレビの取材を受ける清子さん　▼ 実の孫のようにかわいがる渡部《わたなべ》久仁子《くにこ》さんと。渡部さんは、広島を拠点に平和活動を展開するNPO法人の理事であり、夫妻とは長いつきあい

清子さんの「杖代わり」となり、新幹線で広島へ

腕につかまって、二人して行くんです。本人は私を「杖《つえ》代わり」なんて言っていましたが。そして、私は講演する清子の隣に座って、時には本人の写真を撮ったりしていました。清子は、私がいると安心するようでした。

被爆した清子が、その後何十年にもわたって味わってきた苦労は、きっと本人にしかわからないと思います。広島の原爆に関する多くの映画や本などでも、被爆者の苦しみが表現されていますが、当事者が実際に受けた苦しみは、それ以上のものでしょう。「八月六日が何の日か知らない」という人すら

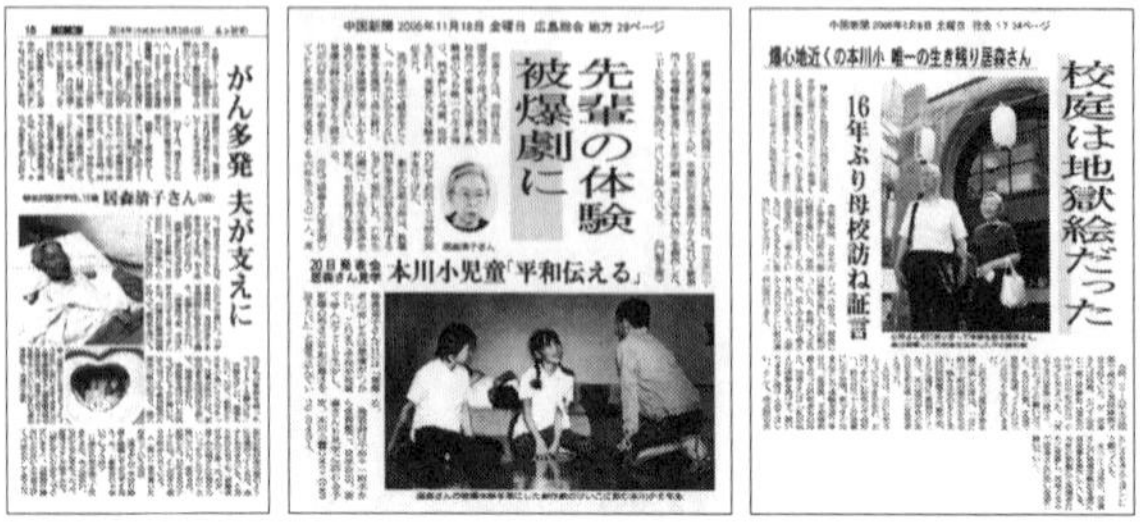

◀居森夫妻の活動や戦争体験、闘病について報じる記事（右から中国新聞二〇〇五年八月六日、同十一月十八日、毎日新聞二〇一四年八月三日）

いる時代です。体験者が直接語ることで、原爆や放射線の恐ろしさを、少しは感じ取っていただけたのでは、と思っています。

清子の苦しむ姿を間近で見てきて、実は私の中にも、「これは何とかして後の人々に伝えていかなければ」という気持ちがありました。講演というかたちで機会が与えられたのは、とてもありがたいことでした。さらに、中学校などを訪ねてお話しすると、後に必ず生徒全員分の感想文を頂きました。読ませていただくと、なかなかきちっと伝わっている。それは私たちにとって本当にうれしいことでした。

語り部の活動は、聞き手だけでなく、清子さん自身の心境にも少しずつ変化をもたらした。

清子

今となっては、原爆を落とした「エノラ・ゲイ」※2の乗組員の人たちも、つらかったんじゃないかと思います。投下した瞬間は、「これで戦争が終わる」と思ったかもしれませんが、その後の広島や長崎の惨状を知れば、やはりつらい思いもしたことでしょう。

(2)エノラ・ゲイ(えのら・げい)　五十六頁参照。広島に原子爆弾を投下したB29の名称。ポール・ティベッツ機長の母親の名前からとられています。**【写真】**原爆投下終了後、テニアン島基地（北太平洋）に帰投したエノラ・ゲイ(Wikimedia Commonns)

若い頃は、私も彼らを憎みました。「エノラ・ゲイの乗組員だった彼らが、あんなことさえしなければ、私はずっと広島にいて、両親も死ななくてすんだのに」と、到底納得がいきませんでした。でも歳を重ねるにつれて、「原爆を落とさなくてはならなかったつらさもあったのではないか」と思えるようになりました。それだけ、私も成長したのだと思います。

公照

アメリカが広島や長崎に原爆を落としたことについて、「あれは正しかった」と正当化する人がいまだにいます。当時ですら、国際的な取り決め[※3]によって残酷な兵器の使用は禁じられていました。その中で投下された原爆の悲惨さは、ほかの通常兵器など比べものにならない。人間に対して使うべき兵器ではありません。原爆投下を決断した当時のアメリカ大統領を、今さら責める気にはなれませんが、これからは絶対に使ってはいけないと思います。

核兵器は、アメリカ以外にも幾つかの国で保持されています。ということは、使われる危険性もあるということ。そういう国々は、核兵器をもつことによって国威を示そうとしています。ですが、核兵器がなくても平和は保てます。私は、語り部

（3）ジュネーヴ議定書（じゅねーゔぎていしょ）
一九二五年に作成され、一九二八年に発効した、戦争における化学兵器や生物兵器などの使用禁止を定めた国際条約のこと。ただし、日本やアメリカは、署名はしたものの、第二次大戦前にこの条約を批准してはいませんでした（条約に署名した国は、批准書と呼ばれる、国家の同意や確認を示す文書を作成し、寄託・交換することによって、初めてその国に条約の効力が生じることになります）。

の活動を清子と二人で続けてきて、いちばん大切なことは、夫婦でけんかをせず仲良くすることだと改めて思いました。お互いがいたわり合い、清子には頼りにしてもらって、私は一生懸命サポートして。それが「平和」の秘訣《ひけつ》だと。とにかくその当時は、一日でも長生きしてもらって、貴重な体験を語り継いでいってほしいと思っていました。

横浜・大桟橋で

第6章

活動の力と希望の秘訣

居森公照《いもりひろてる》さん、清子《きよこ》さんを互いに支えた夫婦の絆《きずな》。そしてもう一つ、二人が〝よりどころ〟としていたことがある。それが、クリスチャンであるということだった。

清子さんが原爆症の影響を立て続けに受けていた六十歳頃、夫妻は近所にあるプロテスタント[※1]のキリスト教横浜福音教会[※2]と出合い、日曜の礼拝に出席するようになった。やがて清子さんは信仰をもち、一九九六年十一月三日、洗礼を受けた。

公照さんのほうは、実はキリスト教に触れるのは初めてではなかった。戦後まもなく、外国人宣教師が次々と来日していた時代に、宣教師の路傍伝道（街頭での伝道活動）をきっかけに信仰をもって洗礼を受け、聖書学校でも学んでいたのだ。やがてアメリカの宣教団体「フィラデルフィア・ミッション」のピーター・ボルゲ宣教師の家に住み込みで各地の教会設立を手伝ったり、横浜フィラデルフィア教会[※3]を設立したハロルド・ノーマン・ヘステキンド宣教師の通訳を務めるなど、宣教師らの伝道活動をサポートした。しかし、会社に勤めるようになってからは次第に教会から足が遠のき、その後何十年も遠ざかっていたのだった。

---

(1) プロテスタント（ぷろてすたんと） カトリックの「旧教」に対し、「新教」と呼ばれます。十六世紀、ヨーロッパにおける宗教改革運動をきっかけとして、カトリックから分離したキリスト教を指します。

(2) キリスト教横浜福音教会（きりすときょうよこはまふくいんきょうかい） 一九四九年に設立された、友愛グループに属する教会です。横浜市南区中村町にあります。

(3) 横浜フィラデルフィア教会（よこはまふぃらでるふぃあきょうかい） 戦後、ヘステキンド宣教師によって設立された、独立ペンテコステ派に属する教会です。現在は横浜市中区本牧大里町にあります。

公照

教会での信仰生活を積み重ねるうち、清子の考え方にも変化が現れていきました。

清子が病気を繰り返すようになってから、私は六十歳の時に再び教会の門をたたきました。清子も、何かにすがりたい気持ちがあったと思います。以来今に至るまで、私はキリスト教横浜福音教会の信徒として、笹山正牧師にお世話になっていま

①戦後、横浜フィラデルフィア教会に通うようになった頃。母タカさんと著者。タカさんもこの頃、洗礼を受けた　②宣教師と共に路傍で伝道活動を行う著者（右）　③著者が通訳として手伝いをしたヘステキンド宣教師一家

す。清子は、笹山先生が牧師になって初めて洗礼を授けた信徒です。

それからは、毎週日曜の礼拝出席と、毎朝の聖書を読む時間が、私たち夫婦の習慣になりました。朝は、二人で聖書を開き、互いに一章ずつ音読します。二〇〇四年一月二十八日に始まったこの習慣は、清子が二〇一六年の春に亡くなるまで十二年間続き、その間、聖書を六回通読[※4]することができました。清子といちばん最後に読んだのは、旧約聖書・詩篇の一三七篇です。

二人で聖書を読んでいると、清子はよく、内容について私に熱心に質問をしました。私も、かつて伝道活動をしていた頃の知識を思い出しながら答えるのですが、そのうちもっときちんと答えてあげたいと思い、定年退職後の時間を利用して神学校に通うことを決めました。東京の上野にある、「Jesus To Japan（ＪＴＪ）宣教神学校」という学校です。「清子のための牧師になりたい」と牧師志願科[※5]に入学し、地方の教会にインターンにも行きましたが、やがて清子の介護が本格的に始まったため、卒業には至っていません。

こうした信仰生活を積み重ねるうち、清子にも変化が現れていきました。かつて原爆孤児として苦労を重ねてきた清子は、昔はとても気が強く、私が何か言うと十

（4）通読（つうどく）
聖書で言えば、旧約聖書第一巻の「創世記」から、新約聖書の最終巻「黙示録」まで、六十六巻すべてを読破することを言います。読み方は、創世記から順に読む人や、旧約聖書と新約聖書を交互に読む人など、人によってさまざまです。クリスチャンの多くは聖書を読むことを習慣とし（「ディボーション」と言います）、人生で何度も通読を行います。中には、年に数回通読をする人もいます。【写真】『聖書 新改訳二〇一七』（いのちのことば社発行）

洗礼を受け、川から上がる清子さん（1996年）

（5）牧師志願科（ぼくししがんか）　神学校で、牧師を目指す人のためのコースです。他の学校では「牧師・伝道師・宣教師養成コース」などと呼ばれることもあります。多くの神学校には、牧師を養成するコースの他に、信徒が牧師に準ずる働きをするためのコースや、聖書について学ぶためのコースなどがあります。

清子さんの入院中、見舞いに訪れたキリスト教横浜福音教会の笹山正牧師と

著者がJTJ宣教神学校で学んでいた頃。クラスメイトたちと（円内）

倍ぐらいにして言い返してきたりということがありました。ですが、信仰をもってからは顔つきが柔和になり、考え方も優しくなりました。何より、人を憎まないという気持ちをもてるようになりました。それは、清子にとってもすごく良いことだったと思います。やはり、人を憎むということは、自分自身をも傷つけますから。

また、清子は死をまったく恐れていないようでした。「天国に行ける」という希望を常にもち、「私は今、何の心配もない。いつ天国に召されてもいい。顔もわからないお母さんと弟も、天国に行ったらきっと向こうから声をかけてくれる」とよく言っていました。私にも、「私は必ず、あなたより先にイエス様のもとに行く。あなたの場所もちゃんと用意しておくから、ゆっくり来ていいよ」と言ったものです。

私は清子を見ていて、同じ重病を負っている人でも、信仰をもっているかそうでないかで、受け止め方が全然違うことを感じました。闘病生活はどんなにつらかっただろうかとも思いますが、清子は希望を失いませんでした。

「私がこういう苦しい目に遭っているのも、私の体験を通して、平和の大切さを伝えるために与えられたものなの。神様から与えられた使命をまっとうしたんだから、神様はちゃんと天国で迎えてくださる」と。私も、「そうだね、ご苦労さんだった。きっと神様は迎えてくださるよ」と清子に伝えていました。

死を恐れず、希望すらもって生きる清子の姿は、病院スタッフの方々にもいい影響を与えていたようです。清子はみなさんに好かれ、退院のたびに寄せ書きを頂いたりしていました。

講演活動をしていた時も、清子は行く先々で「私の好きな聖書のことばです」と、次の二つをよく紹介していました。今、清子が亡くなり、私が招かれた先でお話しする際も、その習慣は変わっていません。

1998年10月、著者がかつて通っていた横浜フィラデルフィア教会を夫婦で訪ねた
（上）＝講壇の前で記念撮影。おどける清子さんと著者（下）＝故・ヘステキンド宣教師の家族が来日し、著者夫婦と再会

「己《おのれ》のごとく汝《なんぢ》の隣《となり》を愛すべし」※6
旧約聖書　レビ記 一九章一八節（文語訳）

「なんぢら人に為《せ》られんと思ふごとく人にも然《しか》せよ」※7
新約聖書　ルカの福音書 六章三一節（文語訳）

（6）意味＝「あなたの隣人《となりびと》を自分自身のように愛しなさい」（『聖書 新改訳二〇一七』による訳）
（7）意味＝「人からしてもらいたいと望むとおりに、人にしなさい」（『聖書 新改訳二〇一七』による訳）

第7章

感謝で閉じた生涯

亡くなる三年前の二〇一三年から、清子《きよこ》さんは自宅療養となった。歩くことも難しくなっていたため、公照《ひろてる》さんが二十四時間態勢で介護をするようになった。夜中、痛みに苦しむ清子さんに鎮痛剤を飲ませたり、柔らかい便が出るたび、体を洗ってオムツを換えるなど、公照さんは献身的に清子さんを支えた。毎日の便の状態や量、血糖値、体温、血圧、点眼の有無、オムツ交換の回数などを細かく記録した介護ノートは、最終的に五冊になった。

公照

呼吸が止まる瞬間、清子はかすかに口を動かしました。私には、「ありがとう」と聞こえました。

清子の通院のたびに、診察の参考にと医師に介護ノートを見せていました。「これだけ細かく書いてくださって助かります」と、先生も驚いておられました。

そのほか、つらい中で少しでも安らいでもらおうと、自分にできることを一生懸命やりました。清子が訪問看護の方に入浴させてもらっている時も、ハーモニカで賛美歌を吹いて聞かせたりしていました。

そんな気持ちが伝わったのでしょうか。寝たきりの清子に、私が「つらいだろうね」と声を掛けると、返ってきたのは「私は今がいちばん幸せ」ということばでした。「今は、あなたに任せておけば何も心配ないから」と。清子は自宅療養中、本当に私を

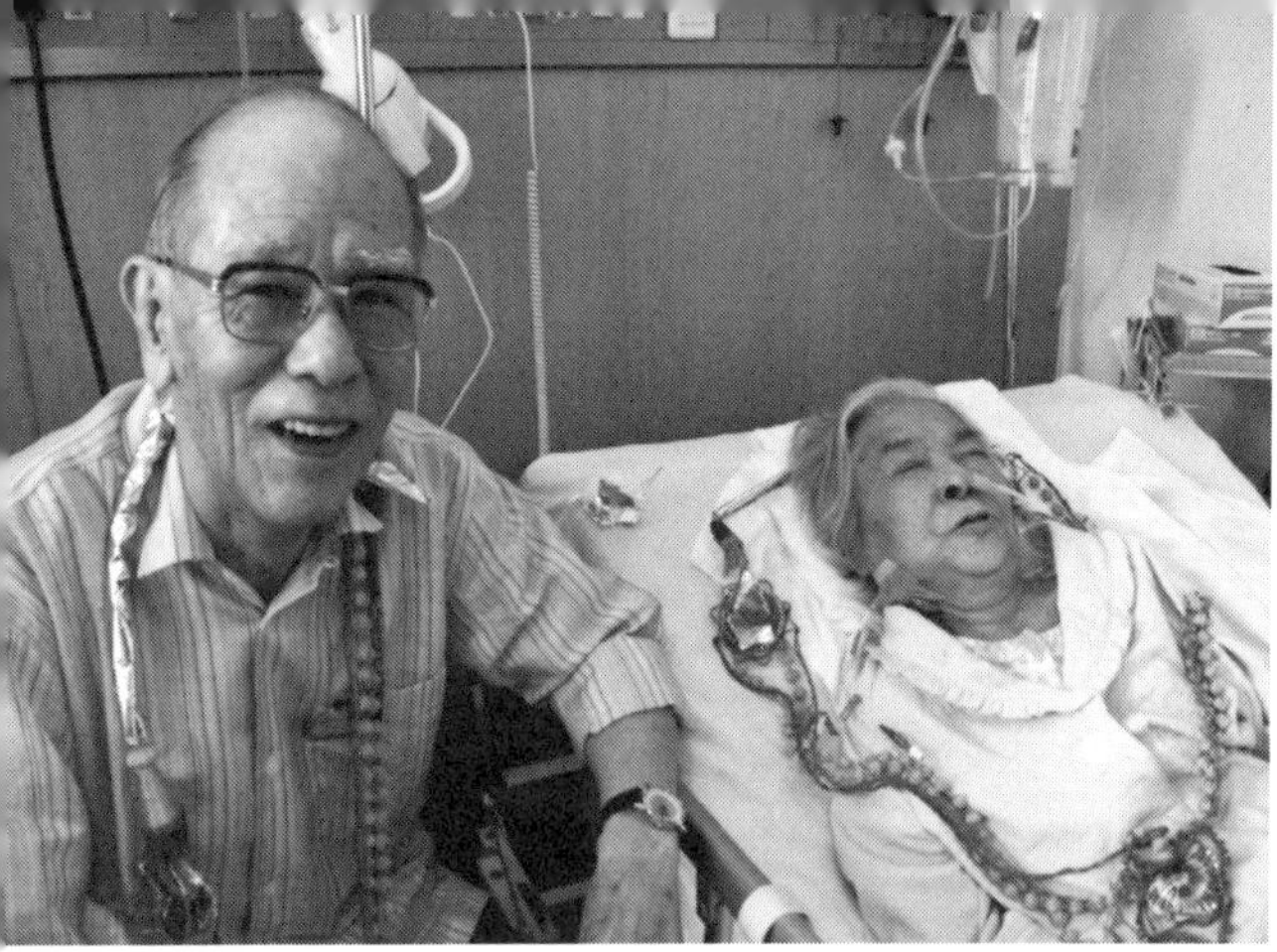

▲ 入院中、鎌田医師の計らいにより、病院で金婚式を挙げた夫妻
▼ 笹山正牧師が、清子さんのために祈った

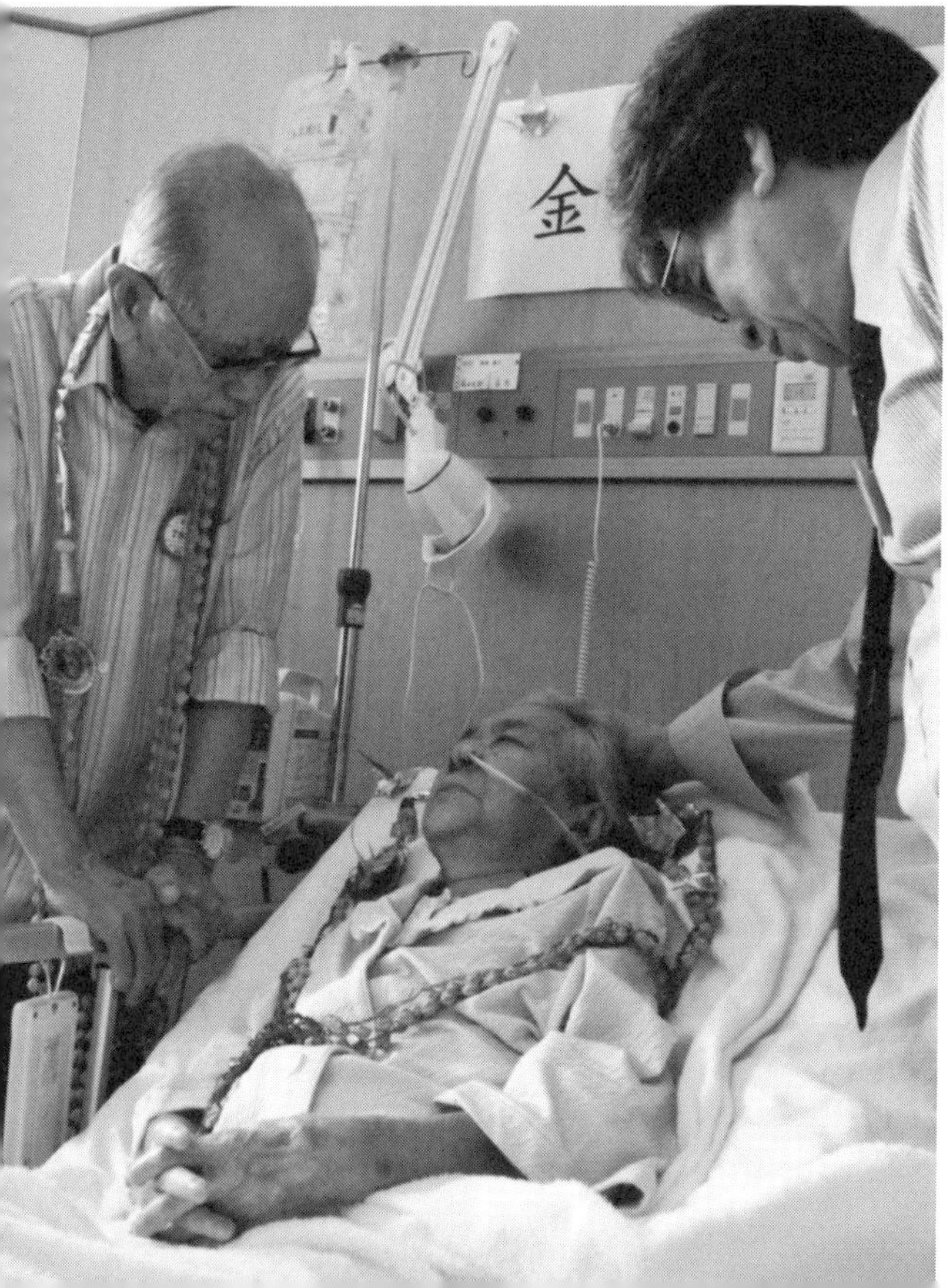

信頼してくれていました。食欲のないときも、私が「ちゃんと食べなきゃだめだよ」と言うと、なんとか食べようとしていましたしね。

自宅療養中の三年間で、清子さんは六度も危篤に陥った。そのたびに意識を取り戻したが、やがて二〇一六年三月下旬、呼吸困難となって緊急入院。公照さんも、清子さんの手を握りながら傍らにつき添った。

その十日後の四月二日――。

公照

その日、病室には鎌田七男《かまだななお》先生や笹山正牧師、これまでお世話になってきた報道関係の方など、多くの方が駆けつけてくれていました。

呼吸が止まる瞬間、清子はかすかに口を動かしました。五十二年間連れ添った私には、「ありがとう」と聞こえました。それが最後になりました。

人は、意識がなくなっても周囲の声は聞こえていると聞いたことがあったので、私は清子の耳元で神様に祈りました。「清子が御許《みもと》に行きます。どうぞその魂を迎えてやってください」と。それが聞こえたのか、心電図に反応があったと鎌田先生が教えてくれました。あの時、清子にはやっぱり聞こえていたのだと思います。

葬儀はキリスト教横浜福音教会で行われ、清子は賛美歌に包まれて天国に凱旋《がいせん》しました。

私は清子が亡くなって、悲しさはあれ、どこかホッとした思いもありました。最後の三年間はずっと寝たきりで痛みと闘っていましたから、「よく頑張ったね。これで、イエス様の御許で静かに過ごせるね。ご苦労様。俺も後から行くから、イエス様にお願いして場所を取っておいてくれよ」という気持ちでした。

ですが一方で、心の中を大きな喪失感が占めるようになりました。清子がいなくなってから、私は清子に対して本当に愛情をもっていたんだなと、つくづく感じました。最期の「ありがとう」という清子のことばが、せめてもの慰めでした。

清子さんが亡くなって二か月後のこと。横浜市の中学校から、「清子さんに代わって話してほしい」との講演依頼が舞い込んだ。喪失感冷めやらぬ公照さんだったが、快諾。それは、生前の清子さんとの約束を守ったからに他ならなかった。

公照

元気だった頃、清子はよく私にこう言っていました。「五十年間一緒にいたんだから、原爆の恐ろしさはよくわかってるでしょう。私が亡くなったら、私の思いを代わりに伝えてね」と。私も、「うん、わかってるよ。清子の言いたいことは全部伝えてやるよ」と約束をしていました。

講演の日が近づいていた。これまで、清子さんと共に作った講演原稿はすべて箱に入れて大切に保管してあったが、開けることができない日々が続いた。蓋《ふた》に手を掛けるたび、清子さんが病身を押して一生懸命語る姿が目に浮かび、たまらなくなるのだった。

また、清子さんの死因が肺癌《がん》だった可能性があると知ったことも、公照さんを苦しめていた。「自分の介護が間違っていたのかもしれない。自宅で介護したことはよかったのか、本当は入院させるべきだったのではないか」。葛藤で眠れない日々が続いた。たった二か月で、体重は七キロも落ちていた。

そんなある日、鎌田医師が公照さんの自宅を訪ねた。「もっと清子にしてやれることがあったのではないか」。苦しい胸の内を打ち明ける公照さんに、鎌田医師は、清子さんと公照さんが一生懸命病気と闘った結果として、受け入れるように諭した。さらに、思いを人に話すことが、悲しみの回復にもなるのではないか——。そのアドバイスを受け、公照さんは改めて講演に臨むことを決めた。

七月五日、講演当日。「じゃあ、しっかり話してくるからね。天国から見守っててね」。遺影に語りかけると、公照さんは清子さんの写真を胸ポケットに入れて家を出た。「こうしておけば、私が清子の思いを実行しているよ、というのが本人にも伝わるんじゃないかと思ってね」

講堂に集まった約三百五十人の生徒を前に、公照さんは口を開いた。被爆者でない自分が、原子爆弾について語る理由。清子さんの被爆体験と癌の苦しみ。闘病生活を支えた数十年を通しての、公照さん自身の思い。核廃絶と平和への思い。

そして、聖書のことば。すべて話し終えた後、公照さんを包んだのは、「清子との約束を一つ果たした」という安堵感だった。

公照

私が講演活動を引き継ぐのは、清子の遺言だからという理由ももちろんあります。清子は常々、「私があれほど放射線を浴びたにもかかわらず生かされているのは、多くの方々に体験を伝える使命が与えられているから。私が役目を終えた後は、あなたが引き継いで伝えてほしい」と言っていましたから。

ですが、私自身の思いとして、清子とずっと一緒に生きてきて、またその闘病生活を見てきて、核兵器の恐ろしさを伝えていかなくてはならないと実感しています。

被爆体験者が、放射線の影響のためにどれほど長く苦しむか。そして本人はもちろん、その周囲にいる人たちにまで、どれほどつらい人生を強いてしまうのか。そのことを、命ある限り何としても伝えたいのです。

生前、8月6日の慰霊の日に広島を訪れた清子さん

コラム

……その⑨ 語り部の減少と体験の継承

終戦から今日に至るまで、多くの戦争を体験した人々が、「語り部《べ》」として自らの体験を語り継ぎ、戦争の記憶や教訓を次の世代へと託してきました。爆心地から三百五十メートルで被爆し、生存した居森清子さんもその一人です。自身の体験とともに、平和の尊さ、戦争の愚かさを、命ある限り語り続けました。

しかし、戦後七十年以上が過ぎ、かつての戦争の記憶を留める人は、年々その数を減らし続けています。

終戦の年の一九四五年に五歳以上だった人を、戦争を記憶している世代と仮定すると、戦後七十年を迎えた二〇一五年には七十五歳以上が該当します。同年の内閣府「高齢社会白書」によれば、七十五歳以上が総人口に占める割合は十二・三%で、八人に一人が「戦争体験世代」となっています。この世代は、戦後五年となる一九五〇年時には総人口の約七十五%、戦後三十年の一九七五年には約四十三%、戦後六十年の二〇〇五年には二十%でしたから、あと十数年もすれば、この割合は限りなくゼロに近づくことでしょう。

戦争の悲惨さ、愚かさを、肌身で感じた世代がいなくなるということは、歴史の継承という点でも、平和を維持するという点においても、非常に大きな損失です。

◇

そのような中、厚生労働省は二〇一六年、戦争を体験していない世代を対象に、語り部の育成事業を開始しました。語り部の育成とは、昭和館、しょうけい館、首都圏中国帰国者支援・交流センターに委託され、希望者は三年にわたり、戦時中の国民、戦傷病者とその家族、中国残留邦人の人々が

広島・原爆ドーム前で平和学習を行う修学旅行生（2017年11月）

体験した戦中・戦後の労苦を伝える語り部として、研修を受けるというものです。

歴史に埋もれつつある戦争体験を掘り起こし、語り継いでいく人材の育成が急がれています。

◇

また民間レベルでも、独自に戦争体験を取材し、文書や音声として記録に収める個人や団体、使命感をもって絵本・書籍、映像などを世に出す出版社、報道各社、映像製作会社、関係者などが活躍しています。

このほか、広島・長崎・沖縄などを修学旅行先に選び、平和学習を進める学校も少なくありません。さらに、各地の戦跡で平和ガイドとしてボランティアに従事する地元の方々も、これから戦争と平和を語り継いでいくには欠かせない存在といえるでしょう。

【参考資料】ＮＨＫ「おはよう日本」二〇一七年五月二十六日「けさのクローズアップ」
厚生労働省ＨＰ（http://www.mhlw.go.jp/stf/houdou/0000132537.html）

第8章

今を「戦前」にしないために

二〇一七年春。清子《きよこ》さんの死去から一年が過ぎた。毎朝、六時に起床すると、公照《ひろてる》さんは清子さんの写真に声を掛ける。「おはよう、今日もよろしくね」。それから身支度をして、一人で聖書を開いて祈る。

「神様、新しい一日をありがとうございます。

今日も、心と身体に力を下さい。一つでも何かお役に立てる一日を過ごさせてください。平安な一日でありますように」

公照さんは言う。「毎日生かされていることが感謝。たまに落ち込むことがあっても、そのことを通して神様が私に与えようとしてくださっていることがあると思い、感謝が湧いてきます。今は神様への信頼の中で生かされています。私には子どももいませんし、身寄りもありません。そういう立場の自分が本当に安心して頼れるのは、神様だけですから」

日中はデイサービスや病院などに通い、夜は早めに就寝。写真の清子さんに「おやすみ」と声を掛ける。清子さん不在の喪失感に苛《さいな》まれることも、少しずつ減りつつある。

公照

戦争が起こればどうなるか。核兵器がどんなに恐ろしいか。それを伝えずに逝くことはできない気持ちです。

今は、前を向いています。時々、ふとした瞬間に思い出して「もういないんだなあ」と感じることはあります。食事の支度をしている時などに、「このおかず、清子が好きだったなあ」と。それでも、いつまでも天国へ行った人間を思ってくよくよしていても仕方がないですから、慌てず、「この世でできることをやってからおまえのそばに行くよ」という気持ちです。清子の願いをできる限り叶えてから――。私が清子との約束を実行している限り、清子がイエス様と共にしっかり見守ってくれていると思いますから。

清子がいた頃は証言活動をサポートする立場でしたが、今は、どのようにすれば清子と私自身の思いを伝えられるかと、真剣に考えるようになりました。今の若い人たちに伝わるよう、現代に即したことば遣いをはじめ、今の社会情勢をわきまえた上でお話ししたいと思っています。

終戦から七十余年が過ぎ、被爆体験者はどんどん減っています。清子と同じ近距離被爆者（爆心地から五百メートル以内で被爆）は、一九七二年には七十八名が生存していましたが、現在（二〇一八年二月現在）存命の方は九名にまで減っています。おそらく、数年のうちには一人もいなくなってしまうのではないでしょうか。

そうした中で、被爆二世や三世、語り部のボランティアなど、体験を受け継いで語り伝えてくださっている方もいます。それでも、やはり実際に体験した人とそうでない人との間には、決定的な違いがあります。被爆者の苦しみや、平和の大切さの実感には、どうしても当事者の体験が欠かせません。私は被爆者ではありませんが、五十年、清子のそばで被爆者の姿を見てきました。戦争が起こればどうなるか。核兵器がどんなに恐ろしいか。放射線によって、どれだけ人が苦しむか。それを伝えずに逝くことはできない気持ちです。

そして、清子の体験を受け継いで語り伝えていくのと同時に、戦争というものを体験した私自身の思いとして、平和の大切さを何としても伝えたいと思います。なぜ戦争だけはしてはいけないのか。戦争が起これば、子どもたちがどんな目に遭うのか、どれだけつらい思いをするのか。私一人が「戦争がいけない」と言い続けたところで、力は限られています。でもたくさんの人にお話しして、「戦争だけはいけない」という思いが伝わっていけば、そして世界中の人がその思いをもてば、戦争はなくなると思っています。

今、再び戦前と同じ状況がこの国にも、アジアにも起こりつつあります。特に「北朝鮮」を取り巻く問題は喫緊です。北朝鮮は経済的封鎖を受けています。でも、あの太平洋戦争が起きる前、日本も「ＡＢＣＤ包囲網※」という諸外国からの経済封鎖を受けていました。石油や食糧が国内に入ってこなくなり、切羽詰まって〝暴発〟したのが、あの戦争だと思っています。今の北朝鮮も、切羽詰まったら暴発してしまうのではないか。戦争が起きてしまうのではないか。私はそれを心配しています。どうか一人一人が平和のことを考えて、戦争は人道に対する最大の罪なんだということに、目を向けてほしいと思っています。

二〇一六年五月、アメリカのバラク・オバマ大統領（当時）が、現職の米大統領として初めて広島を訪れました。私もテレビで見ていましたが、彼がスピーチの冒頭で「七十一年前の明るく晴れ渡った朝、空から死が降ってきて、世界は一変しました」と発言したことは驚きでした。「降ってきたんじゃないだろう。人間が造っ

（※）ＡＢＣＤ包囲網（えーびーしーでぃーほういもう）　一九三〇年代後半、日本に対して貿易制限を行っていたアメリカ合衆国（Ａ）、イギリス（Britain＝Ｂ）、中国（Ｃ）、オランダ（Dutch＝Ｄ）の頭文字を取り、貿易制限の総体を指した日本側の呼び名。

2018年3月15日、横浜市立錦台中学校で講演する著者

た原子爆弾を、人間が落としたんだろう」と。造ったのも落としたのも人間。それによって命を落としたのも、被害を受けたのも人間なのです。人間が殺し合った原爆の事実を、「死が降ってきた」という表現ではあまりにも残念です。

しかしそれでも、スピーチの後半では「勇気をもって…核兵器なき世界を追求しなければ」と語られていました。本当に、そうであってほしいと願います。この世界で、どこかの国が核兵器をもっている限り、いつかまたそれが使われるのでは、という懸念があります。絶対に、二度と核兵器が使われるようなことがあってはいけない。若い人たちに、そのことをしっかりと受け継いでいってほしいと願っています。平和がどれほど大切なことか。人が人を憎むことが、どんなに不幸なことか。中学校、高校などに講演会に招かれた際、私は生徒のみなさんに「平和の大切さと、人を愛することの大切さをしっかりともった大人になってください」とお願いしています。聖書にも、「なんぢら人に為《せ》られんと思ふごとく人にも然《しか》せよ」ということばがあります（新約聖書　ルカの福音書六章三一節、文語訳）。世界中の人がこういう気持ちになれたら、戦争なんて絶対に起こりません。同じ与えられた人生なら、一人でも多くの人を大切にし、大切にされる。そんなことができるなら、それはとても幸せなことではないでしょうか。

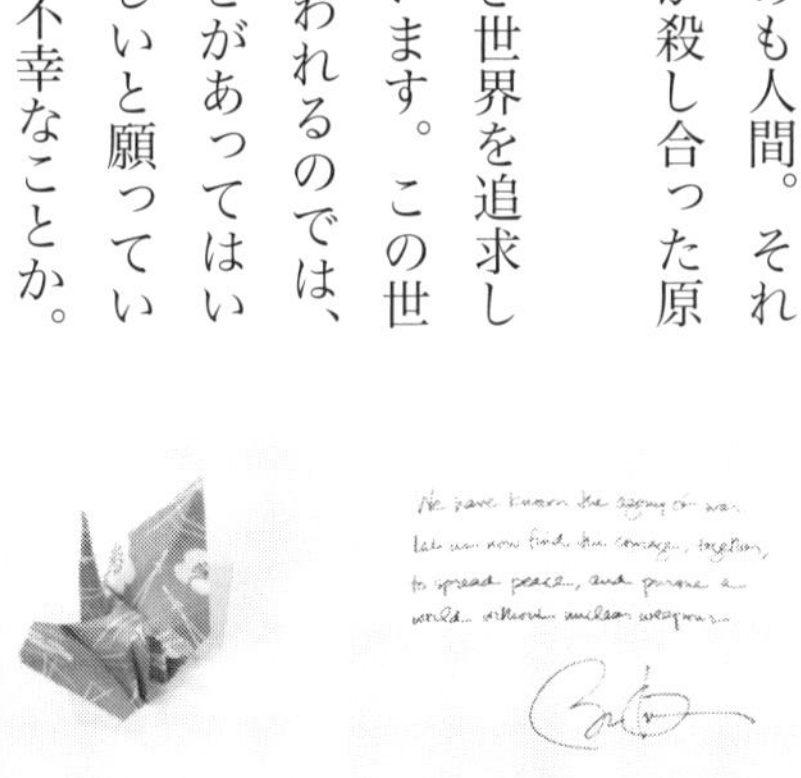

広島平和記念資料館に展示されている、オバマ大統領が折った折り鶴と、芳名録に記されたメッセージの複製。「私たちは戦争の苦しみを経験しました。共に、平和を広め核兵器のない世界を追求する勇気をもちましょう」と書かれている

コラム……その⑩ 未来を見据えて

一、二章のコラムで見たとおり、戦前の人々は、不穏な社会の情勢を多少は感じながらも、それぞれの日常を送っていました。日清・日露戦争や、中国で柳条湖《りゅうじょうこ》事件（二十六頁参照）などの戦闘が起きた際も、漠然と「どこか遠い所で起きていること」と感じていたかもしれません。けれども、人々がそのような思いでいる間に、国のほうでは必要な法律や制度が整備され、戦争に向けての準備が着々と進められていました。

その後、満州事変の勃発と共に「国家総動員体制」が謳《うた》われる頃には、もはや声を挙げることが難しくなっていました。面と向かって「戦争反対」を言えば、「非国民」と見なされ排斥されるような時代になっていたのです。こうしたことから、戦争はある日突然起こるのではなく、社会の仕組みや国民の「空気」がつくられ、徐々に進行していくことがわかります。

結局、この戦争は泥沼化して引き返すことができなくなり、ついに日本は、各地への空襲や、沖縄・北方における地上戦、広島・長崎への原子爆弾などで、多くの民間人の犠牲を出しました。「どこか遠い国の出来事」だったはずの戦争が、これほど悲惨で恐ろしいものであることを、人々は直接の被害に遭って初めて知ったといえるでしょう。

◇

現在の日本はどうでしょうか。ここ数年の、国のおもだった動きだけを見ても、「特定秘密保護法」の成立（二〇一四年一月。同十二月に施行）、集団的自衛権の行使などについて定める「安全保障法制」の強行成立（二〇一五年）、「テロ等準備罪（共謀罪）」の強行成立（二〇一七年）などが立て続けに行われています。

こうした国の政策に対して、「戦前の政府のやり方に似ている」と批判・警鐘を鳴らす人もいますし、「いや、これらの法律は必要だ」と肯定する人もいます。ここでは、どちらの立場が正しいかなどと論ずることはしませんが、本当に大切なのは、政治や社会で起きていることに「自分には関係がない」「毎日忙しくて、それどころではない」などと無関心にならず、自分のこととして受け止め、考えることをやめないこと。また、意見の違う人と対立したり切り捨てたりすることをせず、耳を傾けつつ、こちらの声も届けていくことではないでしょうか。

公照さんの言うとおり、一人一人の力や声は小さくても、それが集まれば大きな力になります。そして互いを思いやる心は、二度と戦争を繰り返さず、平和をつくりだしていく一つのきっかけとなるでしょう。

写真・国会前で行われた、安全保障関連法案に反対するデモのようす（2015年、Wikimedia Commons）

本書のコラムは、著者の体験を時代の中で客観的に見るための一助にと、編集部が出来事を簡潔にまとめ、記しました。それぞれの出来事により深く関心をもっていただき、読者の方々の考えるきっかけになればと、願ってやみません。

【参考資料】りぼん・ぷろじぇくと・文　井上ヤスミチ・絵『戦争のつくりかた』株式会社マガジンハウス
海渡雄一編著『戦争する国のつくり方　「戦前」をくり返さないために』彩流社

あとがき

戦前の一九三五年に生を受け、その六年後の一九四一年に、あの忌《い》まわしい戦争が始まりました。戦中の小学校（当時は国民学校でした）では、軍事教育によって愛国心をたたき込まれましたが、終戦を迎えた途端、社会や教育方針が大きく変わり、とまどいながらの少年時代でした。

その後、若くして父を亡くしたため、経済的に苦しい中で成人しました。やがて妻・清子《きよこ》と出会って結婚しましたが、至近距離で原爆に遭った清子との五十二年の生活は、被爆者の苦しみ・痛みを共に体験する日々でした。被爆時のこと、その後のことを何度も聞きました。また、被爆の影響と思われる多くの病に苦しむ清子の姿を見てきました。

その妻を二〇一六年に天国に送り、私も後期高齢者となりました。今、清子と暮らした日々を振り返り、私にできることは何かと考えた時、やはり清子がもち続けてきた強い思い、すなわち、「戦争の愚かさ、平和の大切さ、核兵器の恐ろしさを、自分の体験を通して一人でも多くの人々に伝えたい」という願いを、引き継いで伝えていくことだと思い至りました。そして、私自身も、戦時中の苦しみ、悲しみを体験した一人の人間として、戦争が始まるとその国の人々がいかにみじめな生活を強いられてしまうか、平和であることがどんなにすばらしいことであるかを、多くの人々にお伝えしたいと思ってこの本を書きました。

どのようにすればこの世界が平和になるか、世界中から忌まわしい戦争をなくせるかは、とても難しい問題です。一人の人間がどんなに強く願っても、なかなか思うようにはなりません。ですが、妻も私も、一人のクリスチャンとして、講演の際は最後に愛についてお話ししてきました。聖書の中の、「あなたの隣人《となりびと》を自分自身のように愛しなさい」（レビ記　一九章一八節）、「人からしてもらいたいと望むとおりに、人にしなさい」（ルカの福音書　六章三一節）と書かれていることばを通して、人が人を愛することの大切さ、すばらしさ、人を憎むことの愚かさを強く訴えてきました。

この世界から戦争がなくなり、すばらしい平和が一日も早く訪れますように。核兵器がこの世界からなくなりますようにと、強く強く願っています。

今、我が家のベランダでは、清子が大切に育て、一メートルを超えるまでの背丈に成長したクチナシが、たくさんの真っ白い花を咲かせ、甘い香りを漂わせています。

二〇一八年六月

居森《いもり》　公照《ひろてる》

居森公照（いもり・ひろてる）

1935年4月25日、香川県に生まれる。6歳の時に太平洋戦争が始まり、4年弱を戦時下で過ごす。終戦後、母、姉と共に神奈川県へ転居。1956年、洗礼を受けてクリスチャンとなる。30歳で妻・清子と結婚。1980年代以降、原爆症を発症した清子に寄り添い、看病しながら講演活動をサポート。2016年に清子を看取った後は妻の遺志を継ぎ、各地で平和・反核の講演を続けている。

居森清子（いもり・きよこ）

1934年1月6日、広島市に生まれる。1945年8月6日、本川国民学校にて被爆。終戦後、28歳で神奈川県に転居。31歳で夫・公照と結婚。1980年代以降、原爆症に苦しむ。1996年、洗礼を受けてクリスチャンとなる。2003年、横浜市の中学校で被爆体験を語ったことをきっかけに、語り部としての活動を10年にわたり続ける。2013年より自宅療養となり、2016年4月2日死去。享年82歳。

もしも人生に戦争が起こったら
――ヒロシマを知るある夫婦の願い

2018年8月6日 発行

著　　者　居森 公照
印刷製本　日本ハイコム株式会社
発　　行　いのちのことば社 フォレストブックス

〒164-0001 東京都中野区中野 2-1-5
編集　Tel.03-5341-6924　Fax.03-5341-6932
営業　Tel.03-5341-6920　Fax.03-5341-6921
e-mail support@wlpm.or.jp

ISBN　978-4-264-03905-1